Lass dir Flügel wachsen

LASS DIR FLÜGEL WACHSEN!

BETTY TAUBE

CHALLENGES *und* **ABENTEUER.**
GO FOR YOUR DREAMS!

Eden BOOKS

Inhalt

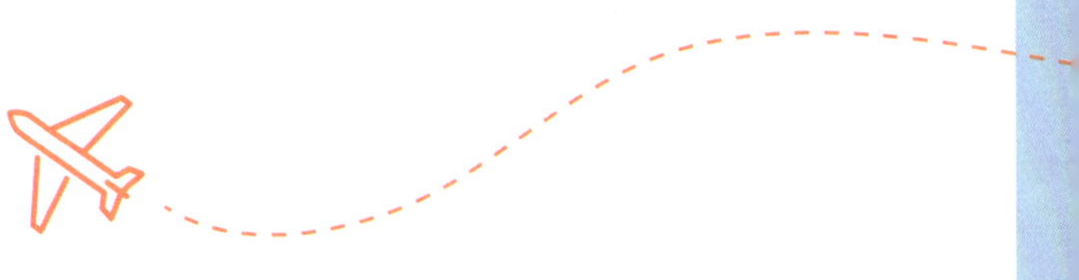

Kapitel 1

WELCOME *on* BOARD!

READY FOR DEPARTURE?

let's go

Hallo! Schön, dass du mein BUCH in den HÄNDEN hältst!

Ich bin Betty Taube-Günter. Du kennst mich wahrscheinlich aus der bunten TV-Welt. Ja, ich war zum Beispiel schon 2014 in der neunten Staffel von *Germany's Next Topmodel* eins von Heidis Meeedchen. Sicher kommt dir auch sowas in den Sinn wie: Stimmt, das war ja dieses niedliche Mädchen mit Heimkind-Vergangenheit und Knopf-Ohrringen. Jep, genau die war ich. Ich bin auf den ersten Blick immer die süße Betty, dabei hasse ich das Wort süß, und ich werde oft darauf reduziert. Das Coole jedoch ist, dass ich Menschen vielleicht gerade deshalb sehr gut überraschen kann. In mir stecken nämlich nur, sagen wir mal, zwei Prozent süß: einmal mein Aussehen und einmal meine Stimme. Von den anderen 98 Prozent würde ich dir in diesem Buch gern mehr zeigen. Ich bin Model. Aber ich bin auch angehende Privat-Pilotin! Wenn ich mit meinem Fluglehrer Matthias Dolderer – übrigens der *Red Bull Air Race*-Weltmeister von 2016 – mit einer kleinen Propeller-Maschine eine Runde über den Wolken drehe, dann ist süß ganz weit weg! Ob ich spontan einen Fallschirmsprung wage, mich tätowieren lasse oder mit meiner großen Liebe in eine Stadt in Italien ziehe, in der ich noch nie gewesen bin – genau das bin ich, Betty. Ich möchte dir zeigen, dass Rückschläge im Leben stärker machen können, dass es sich lohnt, für seine Träu-

Fang KLEIN an, denke GROß!

HAPPYNESS NEXT DESTINATION:

me zu kämpfen. Das mag sich abgedroschen anhören, aber leider fällt es uns allen zu oft schwer. Ich möchte euch zeigen, wie ihr es trotzdem schafft!
Bevor wir uns nun gemeinsam Flügel wachsen lassen, gibt es noch eine kleine Anleitung für dich. Ich möchte nicht einfach nur, dass du dieses Buch liest, nein, ich möchte dieses Buch mit dir zusammen erleben! Lass mich wissen, was du für Ziele hast und wie du deine Reise dorthin bewältigst – unter dem Hashtag #LASSDIRFLÜGELWACHSEN kannst du mit mir und all den anderen Lesern auf Instagram deine Erlebnisse teilen. Lasst uns gemeinsam lachen, weinen

und einander einfach zur Seite stehen. Ich bin schon ganz gespannt auf eure tollen Geschichten, Bilder, Videos und all das, was ihr mit euren Flügeln erreichen könnt.
Wie mein Fluglehrer immer so schön sagt: Einfach loslegen! Am besten sofort!

Ready for departure?

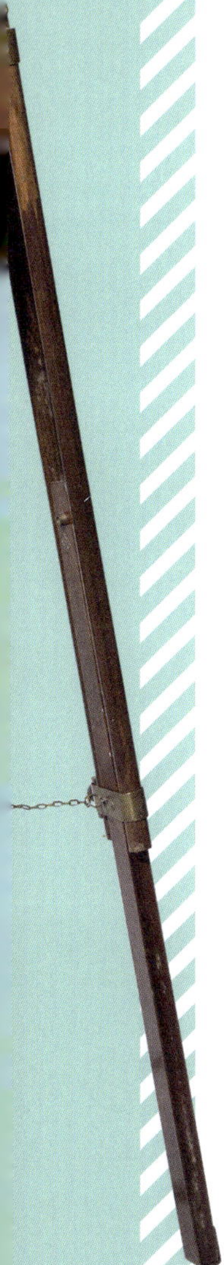

Kapitel 2

SUCH DIR *das* RICHTIGE ZIEL *im* LEBEN:

ALS PILOTIN IM TRAINING LERNE ICH, DASS KLEINE ETAPPEN VÖLLIG AUSREICHEN

EXPLORE

Am Anfang jeder REISE steht die Suche nach dem ZIEL.

Das ist mit einem Urlaubsreiseziel im Grunde so wie mit dem Lebensziel. Nur, dass es vielleicht etwas mehr Spaß macht, sich das Ziel des nächsten Sommer-Trips zu überlegen, als zu wissen, was man alles so mit seinem Leben anfangen möchte. Such dir das richtige Ziel im Leben – hört sich einfach an, ist aber verdammt schwer. Das war es für mich übrigens auch. Ich wollte auch nie Model werden. Meine Traumberufe waren eher Feuerwehrfrau, ICE-Fahrerin und auch damals schon Pilotin.

Als ich noch ziemlich mini war, habe ich meiner Omi gesagt: »Wenn ich mal groß bin und einen Mann habe, dann arbeite ich als Pilotin. Dann habe ich ja aber keine Zeit mehr für dich und muss dich leider ins Heim bringen.« Mein erstes Video von der Flugschule ging natürlich direkt und ganz aufgeregt an meine Omi, die prompt bei What's App antwortete: »Jetzt muss ich bald ins Heim ... Der Albtraum wird wahr!« Omi, keine Angst! Noch darfst du bleiben! :D

Eine der schwierigsten Entscheidungen in meinem Leben war es, nach meinem Abitur zu wissen, was ich eigentlich wirklich mal arbeiten möchte. Wie soll man bei 6412666528865214 möglichen Berufen wissen, was einem Spaß macht? All meine Freunde hatten schon ein Studium oder eine Ausbildung in der Tasche. Ich dagegen saß im-

small steps every day

DIE BEGEISTERUNG FÜR FLUGZEUGE HATTE ICH SCHON IMMER!

MEIN LIEBLINGSFLUGZEUG

mer noch zu Hause und habe erstmal meine schulische Freiheit genossen (mit meinen Erziehern im Nacken). Ich habe auch nur eine einzige Bewerbung geschrieben, weil mir zu dem Zeitpunkt nichts anderes eingefallen ist. Ich wollte unbedingt Gerichtsmedizinerin werden: Deshalb ging die Bewerbung an die Charité Berlin. Ich hätte niemals gedacht, dass das klappen wird, aber: Ich wurde zum Vorstellungsgespräch eingeladen – allerdings kam die Zusage im Heim an, und man versäumte, mir Bescheid zu geben. Ich war zu dem Zeitpunkt tatsächlich schon mit Heidi in Los Angeles. Wenn ich heute daran zurückdenke, weiß ich: Ich wäre nach Hause geflogen. Soviel zum Thema Schicksal.

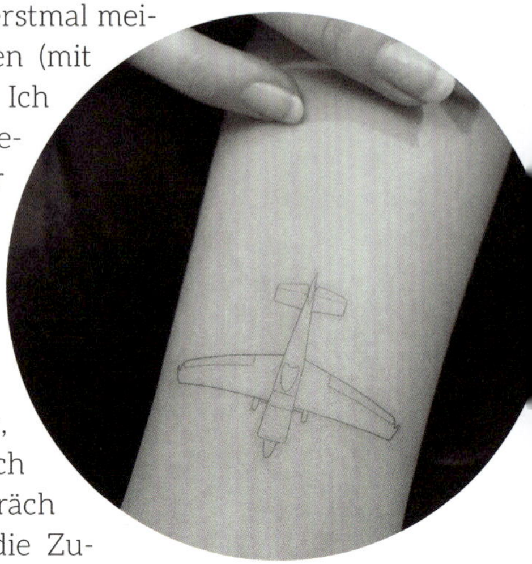

Warum ich mich nicht gleich als Pilotin beworben habe? Dafür gibt's nur zwei Erklärungen: 1. Heidi hat mich in meiner Findungsphase weggeschnappt und schwups ... Model. 2. Ich brauchte nach zwölf Jahren mal eine Pause von Mathe und Physik.
Was du daraus lernst: Es gibt nicht den einen Weg ans Ziel! Das ganze Leben ist der Weg. Und die einzelnen Etappen sind nicht immer planbar. Umleitungen gehören nun mal dazu. Und ganz nebenbei kann man auf seinen Umwegen die unglaublichsten Abenteuer erleben, die man sich nicht mal hätte erträumen können.
Es war wirklich nie mein Ziel oder Wunsch, Model oder Influencerin zu werden. Damals gab es den Begriff »Influencer« ja noch nicht mal. Da bin ich eben so reingerutscht

... Ist dir sowas auch schon mal passiert? Bei mir war es so: Mein bester Freund meinte zu mir: »Wenn du dich da nicht anmeldest, dann rede ich ein halbes Jahr nicht mit dir.« Die Rede war von *Germany's Next Topmodel* und okay, dann sind wir aus Spaß eben zum Casting gegangen. Dann kam die Info, dass ich es unter die Top 100 geschafft hätte, aber ich steckte mitten im Abitur, machte gerade meinen Führerschein und da war sowieso klar, was wichtiger für mich ist. Als ich dann aber ein Jahr später beides in der Tasche hatte, stand im Oktober 2013 plötzlich Heidi Klum in meiner Küche und fragte, ob ich Lust auf eine Reise hätte. Da ich ja eh nichts zu tun hatte, packte ich meine Koffer.
Wir hatten die Anweisung, für vier Wochen Klamotten einzupacken, also zwei riesige Koffer. Ich besaß zu diesem Zeitpunkt noch nicht mal so viele Sachen. Außerdem war ich der Überzeugung, dass ich sowieso nach einer Woche wieder zu Hause sein würde, also packte ich eben für circa eine Woche ein. Aus einer Woche wurde dann ein halbes Jahr ...
Mein Ziel war es schon immer, irgendwann mal einen super Job zu haben, der mir Spaß macht, und damit so viel Geld zu verdienen, dass ich mir ein tolles Auto kaufen kann. Ich liebe Autos! Jetzt habe ich beides. Was habt ihr von eurem ersten Gehalt gekauft?
Ich würde allerdings nie sagen, dass die jetzige Situation mein Ziel war oder ist, denn ich muss nicht viel dafür geleistet haben, um als Model arbeiten zu können und für Dinge auf Instagram zu werben. Klar braucht man dafür ein gewisses Talent, aber ich musste mich nicht hinsetzen und Bücher studieren, lernen und eine Prüfung absolvieren. Ich bin natürlich stolz auf die Jobs, die ich schon hatte, und darauf, dass ich Vierte bei *GNTM* geworden bin, aber nicht so sehr, wie wenn ich meine Pilotenlizenz in der Hand halten werde.

Just Go

TRÄUME = ZIELE

Ich war noch ziemlich klein, als ich das erste Mal *Air Race* im TV gesehen hatte, und mir war sofort klar, dass das der coolste Shit im Universum ist. Kurz zur Erklärung: Beim seit 2003 stattfindenden *Red Bull Air Race* fliegen Piloten mit einer Geschwindigkeit von bis zu 370 Stundenkilometern nur wenige Meter über dem Boden oder Wasser durch einen speziellen Parcours. Das will ich auch können! Ich habe das Gefühl, dass es meine Bestimmung ist, fliegen zu können. Ich habe noch nie zuvor in meinem Leben etwas getan, was mich so sehr erfüllt. Mein Ziel ist es, auch irgendwann *Air Race*-Pilotin zu sein. Ich finde mittlerweile, ich habe die besten Voraussetzungen. Schließlich bin ich ja schon als Betty Taube auf die Welt gekommen. Wenn mein Nachname also mal kein Zeichen ist ...! :D

Nahezu immer werde ich dafür belächelt und kriege so einen »Du bist ja lustig«-Blick zugeworfen. Aber das ist mein Ziel, das ich mir gesetzt habe – und jeder Wolkenkratzer hat mal als Keller angefangen. Ich gebe zu, es ist ein ziemlich krasses Ziel, zu den besten Piloten der Welt gehören zu wollen, aber wenn ich es nicht probiere, dann kann ich das Ziel ja auch nicht erreichen. Mir ist natürlich klar, dass da eine ganze Menge dazugehört und ziemlich viel Arbeit und *»Airwork«* drinsteckt. Ehrgeiz ist hier wohl ziemlich nützlich. Ich muss es einfach probieren.

Wichtig ist nur, dass man seine Träume auch wirklich mal in Ziele umwandelt. Ich habe schon ziemlich lang vom Fliegen geträumt. Jetzt habe ich es in Angriff genommen, das heißt, meinen Traum als reales Ziel hergenommen. Lässt

www.matthiasdolderer.com

YOU ARE IN FLIGHT MODE NOW!

sich dein Traum vielleicht auch schnell in ein konkretes Ziel verwandeln? Oder vielleicht in mehrere kleine?
Ein Ziel zu haben und erreichen zu wollen, ist ein bisschen wie ein Brettspiel mit Würfel. Nur selten bekommst du genau die Zahl, die du brauchst um dein nächstes Wunschfeld zu erreichen. Aber jeder muss ein paar Mal würfeln, um ans Ziel zu kommen. Viele kleine Etappen also. Die reichen auch völlig aus und helfen uns, nicht so schnell aufzugeben. Tatsächlich ist dieses einfache Prinzip sehr gut mit der Ausbildung an einer Flugschule zu erklären. Bis man wirklich seine Lizenz in den Händen hält, hat man etliche Etappen und Prüfungen bestanden und ist am Ende darüber erstaunt, wie schnell das dann doch alles ging. Wenn man selbst nicht aus dem Tee kommt, braucht man von außen einen Anstoß. Bei mir war es das Kennenlernen von Matthias Dolderer Anfang 2017, dazu später mehr. Dann bin ich am 25. August 2017 zum ersten Mal selber geflogen, und meine Lizenz halte ich hoffentlich bald in Händen. Im Winter 2017 habe ich die Schulbank gedrückt und am 20. Dezember 2017 meine theoretische Prüfung absolviert. Es wurden neun Fächer geprüft, und eins davon (Flugplanungsaufgabe) musste ich dann am 24. Januar 2018 noch mal wiederholen (Rechnen war eben noch nie so mein Ding ... :D). Flugschule kann man sich so ein bisschen wie Fahrschule fürs Auto vorstellen. Es gibt 45 Pflichtflugstunden, in denen man unterschiedliche Dinge lernt und anwenden muss. Aber im Endeffekt kommt es darauf an, wie man sich selbst anstellt und ob einem diese Stunden reichen, oder ob man ein paar Extra-Runden drehen muss. (Lustiges Wortspiel, denn eines der Kunstflugzeuge von Matthias nennt sich Extra.)
Man kann bzw. sollte definitiv mehrere Ziele in seinem Leben haben! Kleine und große, berufliche und private. Das wichtigste von allen Zielen jedoch ist es, glücklich zu sein

mit dem, was man tut. Und wenn man nicht glücklich ist (gar nicht schlimm!), bereit zu sein, etwas zu verändern!

Auch glücklich sein kann man lernen.

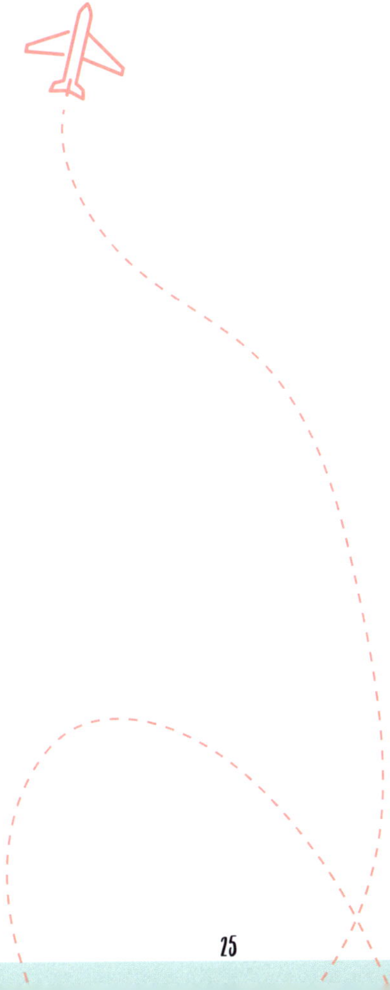

WAS WOLLTEST DU ALS *Kind* WERDEN?

WELCHE TRÄUME DEINER *Kindheit* SIND SCHON IN ERFÜLLUNG GEGANGEN?

WENN DU JETZT DREI *Wünsche* FREI HÄTTEST:, DANN WÄREN ES

ÜBUNG

BIST DU GERADE AUF KURS NACH OBEN *oder* EHER IM LANDEANFLUG?

Plus-/Minusanalyse des eigenen Lebens: Nimm dir 15-20 Minuten Zeit und schreibe alle deine Rollen (Tochter, Angestellte, Freund, Tennisspielerin, Berlinerin & Co.) und Lebensbereiche (Familie, Partnerschaft, Finanzen, Spirituelles, Freizeit, Intellektuelles & Co.) auf und frage dich, was dir diese Funktionen und Teilbereiche des Lebens jeweils bedeuten. Wo geht's dir gut? Worin siehst du einen Sinn? Die zufriedenen kennzeichnest du mit einem Plus, die unzufriedenen mit einem Minus. So hast du erstmal einen guten Ist-Zustand deines Lebens, auf dem letztlich all deine Ziele aufbauen.

Hier geht`s weiter mit der Plus-/Minusanalyse des eigenen Lebens:

HAVE PICTURE PERFECT MOMENTS

ÜBUNG

DEIN *idealer* TAG

Nimm dir etwas zum Schreiben und gehe irgendwohin, wo du dich wohl fühlst und wo du deine Ruhe hast. Denke dir dann deinen perfekten Tag aus und schreibe alles auf. Es gibt keine Grenzen, keine Tabus! Nur langweilen sollte dich der Tag nie, auch wenn du ihn wiederholst! An dem Ergebnis siehst du, wovon du träumst, welche verborgenen Ziele du im Leben hast und was du zum Glücklichsein brauchst. **Jetzt musst du das Ganze nur noch Realität werden lassen!**

Liste DEINER 10 TRÄUME FÜR DEIN LEBEN

Hold on to your dreams

1.

2.

3.

4.

5.

6.

7.

8.

9.

10.

NIMM KURS AUF DEIN
Lieblingsland

Markiere die Länder, die du unbedingt sehen möchtest!

WANDERLUST
Go Explore

Reise DESTINATIONEN

WO BIST DU ZULETZT GEWESEN?

WELCHES REISEZIEL MÖCHTEST DU AUF JEDEN FALL IN DEINEM LEBEN NOCHMAL ANSTEUERN?

every day
is a new
adventure

AROUND THE WORLD EXPRESS

Kapitel 3

Wähle das KARTEN-MATERIAL gut AUS:

RECHERCHE, RECHERCHE, RECHERCHE – UNTERSCHÄTZE DIE AUFGABE NICHT!

wanderlust

Ich habe nie einen PLAN

Von vornherein muss ich gestehen: Ich habe nie einen Plan! Ich denke manchmal, mein Mann Koray dreht bald durch, weil ich nie entscheiden kann, was ich heute essen möchte. Und mein Fluglehrer Matthias dreht bald durch, weil ich nie sagen kann, wann und wohin ich fliegen möchte.
In der Flugschule ist so eine Planlosigkeit wirklich ein großes Problem. Deshalb muss ich langsam lernen, meine ein oder zwei nächsten Schritte im Voraus zu überlegen. Einen Plan zu entwickeln, wann ich fliegen möchte. Wohin eigentlich. Und, ganz wichtig: wie ich dahin komme. Bedeutet Navigation und (Flug-)Planung. Eklig. Klingt für mich zu erwachsen.

Häufig folgt auf den Schulabschluss ein Studium oder eine Ausbildung, danach kommt der feste Job, Heirat der großen Liebe, es folgen Kinder und Enkelkinder. Aber wer hat das eigentlich so vorgeschrieben? Ich hab keinen Plan (klar!), warum wir das immer so beigebracht bekommen. Jedenfalls habe ich diesen vorgefertigten Weg in meinem Leben etwas umgeändert. Unabsichtlich. Das war nämlich so: Erst Schule, dann *GNTM*. Es folgten zwei Monate Ausbildung zur Arzthelferin, weil ich Angst hatte, als Model nicht arbeiten zu können. Dann habe ich aber gemerkt:

EXPLORE
Dream
Discover

ALWAYS CHOOSE IT YOUR WAY!

»Oh, funktioniert doch«, also habe ich die Lehre wieder abgebrochen. Schließlich hat Omi immer gesagt: »Nimm alles mit, was du mitnehmen kannst« und – tadaaa – sie hatte mal wieder recht. Ich habe mich als Model selbstständig gemacht, die Liebe meines Lebens ganz nebenbei gefunden und lasse mir gerade Flügel wachsen, um meinen Traum vom Fliegen Realität werden zu lassen. Meinen Traum, *Air Race*-Pilotin zu werden, habe ich mir – natürlich – auch in den Kopf gesetzt, ohne daran zu denken, welche Voraussetzungen man dafür erfüllen muss. Und dann festgestellt, dass es ja doch schwieriger ist, als ich dachte. Das passiert mir öfter.

Viele Menschen würden meine Entscheidungen (die immer in der letzten Sekunde und aus dem Bauch heraus getroffen werden) als unvernünftig und nicht durchdacht beschreiben. Sie fragen zum Beispiel oft: »Warum hast du so früh geheiratet?« Oder einer meiner Lehrer fragte mich vier Jahre nach dem Abitur, ob ich denn jetzt mal was Vernünftiges machen würde, oder immer noch diesen »Quatsch«. Na, Danke! Sie haben mir im Unterricht auch nichts beigebracht.

Man sagt: Fliegen ist grenzenlose Freiheit! Da muss ich euch leider so bitter enttäuschen, wie ich bitter enttäuscht wurde. Wenn man in so eine ICAO Karte (das sind übrigens Luftfahrtkarten) guckt, dann stellt man fest: Es gibt ganz schön viele Regeln über Lufträume und Besonderheiten über Kontrollzonen. Da ist nichts mit grenzenloser Freiheit.

Versteht mich nicht falsch: Regeln sind nicht schlecht, sonst würde ja alles drunter und drüber gehen. Nur einige Regeln darf man nicht zu ernst nehmen. Man muss eben

für sich selbst entscheiden, welche Regeln man beachtet und welche nicht.
Pssst! Ich beachte zum Beispiel nicht ganz so oft Geschwindigkeitsbegrenzungen, sowohl im Straßenverkehr als auch in der Luft (das lerne ich noch). Wiederum traue ich mich nicht, irgendwelche Verkehrshütchen zu verschieben, damit mein Mann dort parken kann, und er nicht so weit laufen muss.

Wenn man beschließt, irgendwo spontan hinzufliegen, steigt man nicht einfach in die kleine Cessna ein (das Flugzeug für Anfänger wie mich) und fliegt mal fröhlich drauf los. Nein! Erstmal gucken wir uns das Wetter an, das Flugzeug wird gecheckt, und dann liest man noch ein paar NOTAMs (*Notices to Airmen,* das sind Anordnungen und Informationen zum Flugverkehr), muss vielleicht einen Flugplan aufgeben und und und … Am Anfang ist man da als Flugschüler ziemlich überfordert. Aber: Je öfter man es macht, umso einfacher wird es. Wenn man Pläne und Ziele in seinem Leben hat, muss man beim Ansteuern häufig einige Hürden und Aufgaben meistern. Ich konnte mich schließlich auch nicht einfach ins Flugzeug setzen und war direkt Pilotin.

Vielleicht hat mein Hang zur Spontanität auch viel mit meiner Vergangenheit zu tun. Als ich die ganzen Jahre im Heim gelebt habe, habe ich mich immer wie eine Spielfigur gefühlt, die nach Anweisungen gesteuert wird. Ich habe zu der Uhrzeit gegessen, die andere mir vorgegeben haben. Habe Geschirrhandtücher gebügelt. Wozu muss man bitte Geschirrtücher bügeln? Weil andere Leute es mir gesagt haben. Und wehe, das haben wir nicht gemacht! Dann gab es eine Woche Handy-Verbot. Pädagogisch »gaaaaaanz« wertvoll! Ich habe das alles mitgemacht und konnte meinen 18. Geburtstag kaum erwarten. Und wisst ihr was? Ich habe seitdem nie mehr auch nur ein einziges Geschirrhandtuch gebügelt und lebe immer noch! Sogar glücklicher als vorher. Ich weine echt all den kostbaren Minuten hinterher, die ich dafür verschwendet habe, und es ist noch nie vorgekommen, dass jemand in meiner Küche stand und sich beschwert hat, weil mein Geschirrhandtuch eine Falte hatte. Es gibt eben wichtige Dinge und unwichtige. Klingt banal, aber auch diesen Unterschied in allen Dingen im Leben zu erkennen, ist manchmal nicht so einfach. Für mich sind ICAO Karten wichtig, Bügeln dagegen ist unwichtig. Sicher sehen dies einige Menschen genau anders herum. Aber hey, jeder entscheidet für sich selbst!

Lass dir nicht alles vorschreiben! Entscheide, so wie es dich persönlich am glücklichsten macht! So habe ich es bis jetzt immer gemacht, und ich kann mich nicht beklagen. Das Wichtigste an einem Plan ist das Ziel. Wenn du ein Ziel hast, entwickelt und ergibt sich der Rest von selbst.

STAY
wild

Ich setze mir mit Absicht immer Ziele, die mich herausfordern und vor denen ich manchmal sogar Angst habe. Aber ganz ehrlich: Was soll denn auch schiefgehen? Entweder es funktioniert, oder eben nicht. Aber bis es nicht funktioniert, müssen erstmal Plan B bis Z schiefgegangen sein. Also »*come on*«, wie Thomas Hayo sagen würde! Ja, ich weiß, das ist so leicht dahergesagt. Ich muss zugeben, auch ich habe sehr oft Selbstzweifel und frage mich, ob ich einigen Aufgaben überhaupt gewachsen bin. Beim Fliegen muss man viele Formeln im Kopf parat haben, Mathe wie Physik verstehen. Alles Wissenschaften, die mir in der Schulzeit das Leben zur Hölle gemacht haben und die ich abgrundtief hasse. Ganz einfach, weil ich es nicht kapiert habe. Dann kam der Theorieunterricht in meiner Flugschule. Mathe und Physik haben mir schadenfroh ins Gesicht gegrinst. Und es gab für mich nur eine Möglichkeit: Mittelfinger zeigen, Augen zu und durch. Dann ist ein Wunder geschehen! Es hat angefangen, Spaß zu machen. Ja, ernsthaft! Ich dachte erst, ich bin krank oder auf den Kopf gefallen, und meine Zahlen- und Berechnungsecke im Gehirn wäre endlich aktiviert worden. Aber nein! Es liegt einzig und allein daran, dass ich um alles in der Welt meine Pilotenlizenz bekommen möchte. Wer etwas wirklich ganz arg will, der kann Berge versetzen und wird dies auch tun. Mein Lebensmotto: *»Go get what you dream of!«*.
Da es im Mathebuch immer so schöne Merksätze gab, hier bitte:
Manchmal reicht auch ein einfacher Strich in der Karte, ohne Lineal, ohne Ausweichflugplätze, ohne viel Berechnung – *und trotzdem kommt man am Ziel an!*

BETTYS TIPP

WIR MENSCHEN NEIGEN DAZU, von NEUEN DINGEN immer SCHNELL ÜBERFORDERT ZU SEIN, und DESHALB IST ES HILFREICH, einige DINGE ZU BEACHTEN:

1. Du kennst dich selbst am besten und kannst so das Tempo zu deinem Ziel selbst bestimmen. Lass dir keinen Druck machen, wenn du dich damit unwohl fühlst!

2. Setze dir Zwischenziele, denn viele kleine Ziele motivieren ungeheuer und führen letztendlich zum großen Ziel.

3. Lass dir helfen! Es ist keine Schwäche zuzugeben, etwas nicht zu können, sondern bringt dich einzig und allein einen Schritt nach vorn!

4. Belohne dich auch mal selbst! Beispiel: Wenn ich diese Prüfung geschafft habe, dann gönne ich mir eine Handtasche, Schokoriegel oder, oder, oder ...

5. Motiviere dich, indem du dich immer wieder mit deinem Ziel beschäftigst! Ich z.B. gucke mir immer Videos vom *Airrace* an.

Schon GEWUSST?

Die meisten Menschen überschätzen, was sie in einem Jahr erreichen können, und unterschätzen, was sie in zehn Jahren erreichen können.

»Jeder hat seinen EIGENEN KOPF und das ist nicht nur anatomisch RICHTIG so!«

Betty Taube

Suche dir Gleichgesinnte!

Lass Dir von anderen helfen. Mit Partnern, die dasselbe Ziel haben, kann man sich immer austauschen, gegenseitig helfen und motivieren! Such Dir eine Lerngruppe, geh in einen Sportverein oder such dir einen Tandempartner, um eine neue Sprache zu lernen. Du wirst sehen, Aufgaben gemeinsam angehen führt schneller zum Erfolg und bringt mehr Spaß.

Arbeite mit To-Do-Listen

Schreibe die Dinge auf, die du zu tun hast – um zu vermeiden, dass sich alles zu viel anfühlt. Dann fällt dir vielleicht auf, dass es gar nicht so viel ist und dein Gehirn muss auch nicht in Endlosschleife darüber nachdenken.

Schreibe dir abends die drei wichtigsten Aufgaben, die am nächsten Tag anstehen, auf. Am Morgen startest du gleich mit der schwierigsten und hakst sie ab. Das schwarz auf weiß zu sehen, ist die beste Motivation, gleich den nächsten Punkt anzugehen …

Pflanze einen Baum (oder eine Blume)!

Das tut nicht der Umwelt gut. Verbinde diesen Baum mit deinen Wünschen und Zielen. Sage z.B. »Ich pflanze dich heute, weil ich endlich Gitarre spielen lernen möchte.« Gehe immer wieder zu deinem Baum und erinnere dich, warum mit ihm zusammen wachsen wolltest.

SEI KEIN *Perfektionist*

Viele Menschen schieben Projekte auf oder ziehen sie unnötig in die Länge, weil sie es perfekt machen möchten. Aber gibt es das überhaupt – perfekt? Meine Devise: Lieber einfach machen statt perfekt machen.

IN SACHEN *Selbstzweifel*

Der Nobelpreisträger Albert Einstein rief einen Monat vor seinem Tod einen Freund an und sagte: »Die übertriebene Anerkennung für mein Lebenswerk macht mich krank, ich fühle mich als unfreiwilliger Schwindler.«
Soll heißen: Selbst die größten Genies werden ab und an von Selbstzweifeln geplagt! Ist also grundsätzlich völlig normal!

Wenn du das Gefühl hast, du zweifelst oft an dir, berücksichtige folgende Tipps:
Frage dich: Wer zweifelt da gerade wirklich? Du selbst oder ist es jemand anderes, der diesen Zweifel in den Kopf gesetzt hat?
Frage doch mal deine liebsten Freundinnen, was du besonders gut kannst! Nimm Komplimente auch also solche wahr und an!

CHALLENGE

RÄUME DEINEN *Kopf* AUF

Hier ist Platz, für alle Dinge, die dir gerade im Kopf herumschwirren und dich beschäftigen. Schreibe sie auf und genieße anschließend das Gefühl der Ordnung im Kopf. **Was gehst du als erstes an, was kannst du vielleicht sogar streichen?**

Kapitel 4

BORD-GEPÄCK:

WIE DU DICH AUF DEINE REISE VORBEREITEST

goals

Ich lebe seit knapp fünf Jahren aus dem KOFFER.

Von einem Sommer-Land in ein Winter-Land zu fliegen, hat mich nicht selten vor Herausforderungen gestellt. Zumal ich ja, wie du jetzt schon weißt, nicht so der Planungs-Typ bin. Was ich aber mit Sicherheit sagen kann: Wenn man losfliegt, hat man meist irgendetwas vergessen, oder der Koffer geht auf dem Weg verloren. Wichtig ist es dann nur, einen Notfallplan zu haben.

Das Gute an Herausforderungen ist, dass man nicht an ihnen vorbeikommt. Sie zwingen dich dazu, dir eine Strategie zu überlegen, damit deine Reise auf jeden Fall weitergehen kann. Denn du hast ja schon gelernt: Aufgeben ist keine Option!

Wenn man wegfliegt, ist das Gepäck, das man mitführen darf, nur sehr begrenzt. Ich muss vor jedem Flug ausrechnen, wieviel Sprit ich tanken darf und ob ich mit meinem Gesamtgewicht im dafür zulässigen Bereich liege. Wenn ich eine kleine Zweisitzer-Maschine zu schwer beladen würde, könnte einiges schief gehen, sehr schief sogar. Wenn ich allerdings meinen riesigen Koffer für Reisen packe, dann übertreibe ich jedes Mal und packe immer viel zu viel von allem – und auch immer die falschen Sachen ein. Mein Koffer wiegt meist zwischen 19 und dreißig Kilogramm. Ein nerviger Ballast, der zum Glück vier Rollen unten dran hat.

HEY! LET'S GO! BAGS ARE PACKED.

Escape the ordinary

STAY

focused

Das habe ich von meiner Mama, denn ich erinnere mich an unseren Türkei-Urlaub, als ich sechs Jahre alt war. Draußen herrschten über dreißig Grad Celsius, und meine Mama packt, sich kaputtlachend, die Stricksocken aus unserem Koffer. Sowas passiert mir auch immer mal wieder.
Wenn du fliegen willst, musst du Dinge loslassen, die dich runterziehen!
Als Influencer bekommt man so viele Dinge durch Kooperationen und Events geschenkt. Ich habe eine ganz kleine 55 Quadratmeter große Wohnung in Potsdam, die voll mit diesem ganzen Zeug ist. Alle drei Monate ungefähr miste ich dann mal aus und verschenke alles an Familie, Freunde und Bedürftige. Wenn ich so in meiner Wohnung stehe, sehe ich auf Anhieb mindestens fünf Dinge, die ich überhaupt nicht brauche und benutze.

Ich selbst erwische mich immer wieder dabei, dass ich nicht nur zu viele Dinge in meinen Koffer packe, sondern auch in meinen Kopf. Wenn ich Koray manchmal frage, an was er gerade denkt, dann sagt er sehr oft: »An nichts.« Das wird mir niemals passieren, denn ich denke rund um die Uhr an irgendwelche Sachen. Manchmal bin ich wochenlang nicht zuhause und bekomme schon nach einem Tag Abwesenheit so ein Gefühl des Chaos in mir, weil ich nicht weiß, was für Briefe in meinem Postkasten gelandet sind. Ob ich rechtzeitig meine ganzen Steuern bezahlt habe, und ob ich doch nicht tatsächlich schon wieder den Geburtstag von meinem Papa vergessen habe. Musik hilft mir immer, abzuschalten. Ich fühle mich nicht komplett, wenn ich meine Kopfhörer nicht bei mir habe, aber das passiert mir ganz selten. Ein komplizierter Nebeneffekt bei mir ist allerdings, dass ich mich, sobald Musik angeht, bewegen und tanzen muss. Es ist aber eher eine Art Performance. :D Ich performe überall und immer: beim Selbstfliegen, beim Job, beim Autofahren, beim Putzen (Putzen wird dann oft komplett

durch Performance ersetzt). Am liebsten performe ich Disney-Songs. Wusstest du, dass der erste Mickey-Mouse-Film davon handelt, wie Mickey sich ein Flugzeug baut?
Mein Leben ist chaotisch, und das war es auch schon immer. Damit ich manchmal dann doch wieder einen kurzen Überblick bekomme, brauche ich einzig und allein mein Handy. Immer wieder muss ich mir von Opa anhören, dass ich handysüchtig bin. Ohne mein Handy wäre ich verloren. Wenn ich umherreise, ist es die einzige Möglichkeit, mit allen wichtigen Menschen in Kontakt zu bleiben. Mein Mann, meine Familie, meine Model-Agentur, Instagram und die Flugschule. Meine Termine trage ich aber noch ganz altmodisch in einen kleinen Taschenkalender ein, den ich aber auch immer Zuhause liegen lasse. Ich bin fast rund um die Uhr am Handy. Wenn man mich anruft oder mir eine Nachricht schickt, bedeutet das allerdings nicht, dass ich immer antworte. Ich verschiebe gerne alles auf morgen und erledige Angelegenheiten meist auf den letzten Drücker, was früher immer zusätzlich Stress produziert hat. Mittlerweile hat meine ganze Unordnung quasi ihre eigene Ordnung.

Als Pilot/in ist man verpflichtet, einige Unterlagen mit an Bord zu nehmen, z.B. sein Medical (medizinisches Tauglichkeitszeugnis vom Fliegerarzt), Bordbuch, Ausweis und vieles mehr. Man fliegt fast ein kleines Archiv mit sich umher. In meinem privaten Pflichtgepäck sind Handy und Portemonnaie. Den Rest kann man dann zur Not irgendwo besorgen.
Ist dir dein Handy auch so wichtig? Hast du es schon einmal verloren? Ich habe mein Handy mal in Berlin im Taxi liegenlassen. Auf der Taxiquittung stand keine Telefonnummer, sondern lediglich eine Adresse. Mein Nachbar war so lieb und hat mir sein Handy geborgt, um sämtliche

Taxizentralen in Berlin anzurufen, nur um dieses eine Taxi zu finden. Leider vergebens. Dann habe ich mich ins Auto gesetzt und bin mitten in der Nacht zu dieser Adresse gefahren, die auf der Quittung stand. Nachdem ich dreißigmal vergeblich an der Haustür geklingelt habe, habe ich mich dann einfach weinend vor die Tür gesetzt. Plötzlich ging doch noch die Tür auf, und eine ältere Frau guckte mich mit großen, fragenden Augen an. »Ich bin auf der Suche nach dem Taxifahrer dieser Quittung, hier steht Ihre Adresse drauf«, sagte ich. Bei ihr wurde vor einiger Zeit eingebrochen, und deshalb hatte sie sich nicht getraut, mir die Tür zu öffnen. Ich saß dann in ihrem Wohnzimmer und fütterte zwei Papageien, während sie mit ihrem Ex-Mann und meinem gesuchten Taxifahrer telefonierte und mir sagte, dass das Handy doch tatsächlich in seinem Auto unter dem Sitz liege. Ich hätte gleich noch mal drauflos weinen können. Dann bin ich noch einmal eine Stunde in die komplett andere Ecke von Berlin gefahren und konnte am Ende der Geschichte mein halbes Leben wieder in meinen Händen halten. Klingt banal, aber dieses kleine Gerät kontrolliert mein Leben enorm, oder besser gesagt, ICH kontrolliere damit mein Leben. Es ist eine Art Symbiose.

Ich stürze mich meist Hals über Kopf ins Abenteuer, damit ich nicht viel Zeit zum »nochmal drüber Nachdenken« habe, und packe immer noch eine Schippe Mut mit drauf. Dann heißt es nur noch:

Los geht's!

ICH PACKE MEINEN *Koffer* UND NEHME MIT

Wenn du nur 10 Dinge, keine Personen, mitnehmen dürftest für dein weiteres Leben, welche wären das?

1.

2.

3.

4.

5.

6.

7.

8.

9.

10.

DIESE 5 *Dinge* HABE ICH AUF REISEN IMMER DABEI:

1.

2.

3.

4.

5.

READY • FOR • ADVENTURE?

BETTYS TIPPS

HILFE BEIM *Ausmisten*

Guck dich in deinem Zimmer/in deiner Wohnung um. Frage dich bei jedem deiner Besitztümer: Wie schlimm wäre es, wenn die Fluggesellschaft das verloren hätte?

MISTE JETZT *sofort* MINDESTENS DREI DINGE AUS!

1.

2.

3.

Übergepäck? WIRF BALLAST AB!

So geht's: Im Rucksack unseres Lebens schleppen wir oft viele schwere Steine mit, die für Erfahrungen stehen, die uns noch immer belasten. Schließe mit diesen Dingen für immer ab! Lass sie Vergangenheit sein und nimm diese schweren Steine aus deinem Rucksack! Reise dann mit viel leichterem Gepäck in die Zukunft!

VOR DEM GROSSEN *Abenteuer*

Bevor es losgeht, gibt's noch einiges zu tun. Was musst Du alles noch erledigen bevor du in dein nächstes Abenteuer starten kannst?

1.

2.

3.

4.

5.

6.

7.

8.

9.

10.

Kapitel 5

IMMER *das* RICHTIGE ZU FUTTERN DABEI:

ACHTE AUF DEINEN KÖRPER!

Feel good

ACHTUNG! Zum Start ein kleiner Sicherheitshinweis:

Folgendes Kapitel beinhaltet mein persönliches Schönheitsideal und meine Sichtweise auf meinen Körper! Es ist nicht dafür gedacht, ein spezielles Schönheitsideal zu bestärken! Auch den Satz »Liebe deinen Körper, so wie er ist!« werdet ihr hier vergeblich suchen!

Traumfigur

Natürlich sollte man glücklich sein mit seinem Körper und seinem Aussehen. Ob ich das immer bin? Nein! War ich nicht und bin ich auch aktuell nicht. Das ist ganz ernst gemeint! Es gibt Tage, da gucke ich in den Spiegel und denke: »Naja, besser geht's eben nicht«, und sehr wenige Tage, wo ich mit mir selbst so richtig zufrieden bin.

Ich habe eine breite Nase, krause Locken und lange Gliedmaßen. Ohne Witz! Ich habe übertrieben lange Zehen, Finger und Arme. Oft werde ich gefragt, ob ich eine andere Herkunft habe. Da kann ich ganz stolz sagen: JA ... fast! Mein Opa väterlicherseits, den ich leider nicht kenne, kommt aus Nigeria. Daher diese Haare. Ich bin also quasi Viertel-Afrikanerin. Da bin ich mega stolz drauf! Leider hatte ich bei der Hautfarbe wenig Glück und habe kein bisschen dieser wunderschönen Bräune abbekommen.

Stattdessen wurde ich mit der empfindlichsten Haut auf Erden gestraft. Ich leide an einer Sonnenallergie, werde nie

you are beautiful

BE YOURSELF ALWAYS

braun, sondern immer nur rot, und mein Bindegewebe ist leider auch das Gegenteil von straff. Wenn man meine Haut nur etwas zu doll beansprucht, wird sofort alles rot. Gerne wäre ich eine von den Frauen, die sich jeden Tag eine Maske ins Gesicht klatschen und Beautyprogramme von A bis Z ausprobieren können. Doch sobald ich mein Gesicht nur eincreme, streikt meine Haut und rächt sich mit Pickeln. Sie will einfach in Ruhe gelassen werden und all ihre Macken ausleben.

Was soll ich euch noch sagen in Sachen Figur? Zunächst mal: Wenn man 23 Jahre alt ist, dann ist schon das nicht mehr dasselbe wie zwanzig zu sein. Ich experimentiere sehr viel in Sachen Cellulite-Bekämpfung: Cremes, Massagen, Roller und homöopathische Tabletten. Nur mit dem Sport ist das so eine Sache, dazu später mehr ...

Im Hier und Jetzt: Vor gar nicht langer Zeit stehe ich mit Jana, einer sehr guten Freundin und Modelkollegin von *GNTM,* in der Umkleidekabine beim Shoppen. »Hast echt zugenommen«, sagt sie. Ich liebe ihre Ehrlichkeit. Korrekt! Aber unabsichtlich. Ich wiege immer zwischen 53 und 57 Kilogramm, und es gab sogar mal eine Zeit, wo ich nur um 44 Kilogramm gewogen habe. Derzeit fühle ich mich auch wieder eher unwohl in meinem Körper. Auch wenn das jetzt vielleicht nicht jede von euch verstehen kann!

Es war Weihnachten 2015, an dem sich das erste Mal ein richtiges, kleines Fettpölsterchen an meinem Bauch ansetzte. Das habe ich sogar gemerkt, wenn ich mit dem Auto über einen kleinen Hügel gefahren bin – kein Witz! Aber das war ganz allein Omas Schuld! Tatsächlich wollte ich das nie glauben, aber der Stoffwechsel ändert sich irgendwann, und mittlerweile überlege ich durchaus, ob ich zwei oder doch nur ein Stück Kuchen essen sollte.

Ihr könnt gerne mal meinen besten Freund fragen, wie ich in der Öffentlichkeit zu meinem Körper stehe. Wenn wir beispielsweise im Freibad sind, bedecke ich mich mit so vielen Handtüchern, wie es nur geht, dann watschle ich vollkommen eingewickelt bis zum Beckenrand und springe sofort ins Wasser. Ihr werdet sicherlich denken, dass ich eine totale Macke habe. Aber was soll ich euch sagen, ich finde, ich habe einfach zu viele Baustellen an meinem Körper. Und letztendlich geht es darum, wie man sich persönlich in seinem Körper fühlt. Jetzt könnte man sich natürlich fragen: Und wieso kannst du dann so tolle Unterwäsche-Shootings machen? Ja, berechtigte Frage! Es ist total komisch, aber sobald die Kamera an ist, habe ich überhaupt keine Probleme, meinen Körper zu zeigen. Das habe ich so gelernt. Außerdem gibt's ja auch noch Photoshop, was uns Models besser aussehen lässt.

Ja, ich bin Model, und es bringt nicht viel, mit mir über Schönheitsideale zu diskutieren! Weil: Mein körperliches Schönheitsideal ist eine *Victoria's Secret*-Figur.

Da gibts nix mit mir zu reden, es ist einfach mein Geschmack, so wie meine Lieblingsfarbe nun mal nicht Pink, sondern Gelb ist. Basta! Und wer jetzt denkt: »Wie kann sie nur sowas sagen? Sie hat doch eine Vorbildfunktion!«, der sollte sich Folgendes ganz genau durchlesen!

Wer sagt denn, dass es meine Aufgabe ist, anderen Frauen beizubringen, was richtig und was falsch ist? Was ist denn überhaupt richtig und falsch? Wie soll ausgerechnet ich anderen Mädchen beibringen, ihren Körper zu lieben, wenn ich meinen Körper selbst nicht mal liebe. Ich denke, seinen Körper mögen zu lernen, ist ein langer Prozess, der bei manchen Menschen länger und bei manchen eben kürzer dauert. Was helfen kann, ist da der Austausch mit einer guten Freundin, bei der du dir sicher bist, dass sie knallhart ehrlich ist – wie Jana bei mir. Fragt sie doch einfach mal, was sie an eurem Aussehen mag. Da ihr schon wisst, was sie vielleicht nicht gut findet, könnt ihr ihr auch glauben,

Hello Gorgeous

wenn sie sagt, was sie an euch wunderschön und beneidenswert findet.
Ich wünsche mir, dass ich meinen Körper irgendwann so akzeptiere, wie er ist. Aber: Es hat schon allein 23 Jahre gebraucht, bis ich meine Sommersprossen lieben gelernt habe. Ich beneide jede Frau da draußen, die von sich behaupten kann, sich in ihrem Körper zu einhundert Prozent wohl zu fühlen. Ich wage zu behaupten, dass das ein sehr geringer Teil aller Frauen ist.
Meine Meinung und mein Geschmack sagen eben: *Victoria's Secret*. Vielleicht ist das eine Berufskrankheit oder doch eher Geschmack. Ich meine, wenn man auf einen Kardashian-Po steht, beschwert sich ja auch keiner und hinterfragt, ob das da dran alles so natürlich und normal ist. Wenn ich mir aussuchen dürfte, wie ich aussehen möchte, dann wäre das Adriana Lima. Aber generell geht mir dieses ganze Körper- und Figuren-Drama extrem auf die Nerven. Warum ist es okay, als übergewichtige Frau »skinny bitches« singen zu dürfen?! Das stört mich! Denn viele Frauen auf diesem Planeten sind einfach von Natur aus dünn und schmal, obwohl sie sich ungesund ernähren und keinen Sport machen. Warum müssen wir uns fürs Dünnsein immer rechtfertigen? Andersherum mache ich persönlich das ja auch nicht. Und nur weil ich bestimmte äußere Merkmale schön finde, heißt das ja nicht, dass ich Menschen, die denen nicht entsprechen, gleich doof oder unsympathisch finde.
Ich finde übrigens nicht alles blöd an mir, das wäre auch ganz schön unrealistisch. Ich mag zum Beispiel meine Wimpern. Die sind von Natur aus sehr lang und schön gebogen. Außerdem mag ich meine Größe von 1,75 Meter, bei *GNTM* haben wir einen Zentimeter dazu geschummelt, weil 1,76 Meter Mindestmaß war – und mit meinen langen Beinen ganz passend. Sonst ist alles verbesserungswürdig, wie ich finde. Mein Körper hat so viele Macken, dass ich ihm ziem-

lich viel Aufmerksamkeit und vor allem Rücksichtnahme schenken muss. Auf seinen Körper zu achten, heißt nämlich nicht nur, gesund zu essen.
Wie ihr seht, bin auch ich alles andere als perfekt! Photoshop lässt uns Models nur besser aussehen, und auch mich beruhigt es, dass *Victoria's Secret*-Models ebenfalls gephotoshopped werden.

Sport

Es gab eine Zeit, in der ich jeden Tag ein Workout mit meinem Personal Trainer gemacht habe und meine Ernährung ausschließlich gesund und »clean« war. Muskeln waren am Start, ich hatte eine richtige »Modelfigur« und habe mich zum ersten Mal figürlich wohl gefühlt. Auch wenn mein Trainer Sten sich immer gewundert hat, warum meine Liegestütze so komisch aussehen. Er meinte immer, ich solle mal meine Arme gerade machen. Aber das ging nicht. Dann ist uns aufgefallen, dass meine Ellbogen irgendwie komisch gewachsen sind. Also, falsch gewachsene Arme habe ich auch noch. Ja, diese Trainingszeit ist schon wieder lange vorbei, so ungefähr drei Jahre. Vielleicht bräuchte ich wieder eine Art Personal Trainer beziehungsweise einen Freund oder eine Freundin, die mir in den Hintern tritt. Habt ihr so jemanden? Manchmal hilft es ja auch schon, wenn man sich mit deinen Freunden nicht nur zum im Park Rumhängen verabredet, sondern zum Schwimmen, zum Beachvolleyball, oder man fährt zumindest mit dem Rad zur Schule, zur Uni oder zur Arbeit.
Aktuell würde ich sagen: Sport? Fehlanzeige! Ich hasse Sport! Mein Körper hasst Sport. Das war nicht immer so! In meiner Schulzeit beispielsweise war ich ein Ass in Sport und ging zwischenzeitlich sogar auf eine Sportschule, die auf Leichtathletik spezialisiert war. Ausdauerlauf war meine Königsdisziplin. Wenn ich heute joggen gehe, bekomme

ich nach 400 Metern nicht nur Seitenstechen, sondern einen Eisengeschmack im Mund, Ohrenschmerzen und – kein Scherz! – blaue Flecken, als ob mich jemand geschlagen hätte. Dazu juckt meine Haut wie verrückt. Laut »Doktor Google« könnte das Nesselsucht sein, aber ich sollte das mal bei einem richtigen Arzt checken lassen. Das schiebe ich auch schon wieder zwei Jahre vor mir her ...

Ernährung

Dazu kommt, dass ich nur ungesundes Zeug esse. Und das sage ich jetzt nicht nur so, um nicht als Rohkost mampfender Hungerhaken dazustehen. Fast Food kommt an mir nicht vorbei, was auch daran liegen könnte, dass ich nicht kochen kann. Weshalb ich trotz meines meist ziemlich ungesunden Essverhaltens so dünn bin, habe ich dann wohl meinen Eltern und deren Genen zu verdanken.

Ich bin ein »Ab morgen mache ich Diät!«- Mensch. Jeden Tag sage ich mir diesen Satz aufs Neue. Das klappt am Tag auch ganz gut, aber in der Nacht kommen dann die Fressattacken. Betty + Hunger = mürrisch!!! Deshalb ist es für die Menschen in meiner Umgebung immer wichtig, Essen dabei zu haben oder irgendwie Essen im Programm einzuplanen. Es kam auch schon öfter vor, dass mein Mann nachts mit mir auf Futterjagd gehen musste. Happy wife = happy life, eine einfache Regel!

Essen ist einfach eines der besten Dinge auf diesem Planeten. Den halben Tag überlege ich, was ich als nächstes essen könnte. Und glaubt mir: Ich esse so so so viel! Das glaubt mir nie einer, aber könnt ihr wirklich! Zudem bin ich ein Schnell-Esser, um nicht zu sagen Schlinger. Also, über meine Essmanieren reden wir jetzt besser nicht. :D

Wenn ich dann mit meinen Blogger- oder Modelfreunden unterwegs bin, kriege ich oft Ärger, weil ich schon mit dem Essen angefangen habe, ohne dass zuvor ein Bild von den

Gerichten gemacht und gepostet wurde. Das macht mich wahnsinnig, wie eine Antilope, die gefühlt eine Woche nichts zu essen bekommen hat, vor dem Teller zu sitzen, das Wasser läuft mir im Mund zusammen, und ich muss zusehen, wie die Teller von links nach rechts geschoben und einmal mit und einmal ohne Blitz fotografiert werden. Liebe Freunde, tut mir das nicht an!

Ich belohne mich für Dinge, indem ich mir was richtig Geiles zu essen gönne. Wenn ich unter Druck stehe oder mich konzentrieren muss, dann esse ich auch immer. Manche Menschen nehmen ja in Trauerphasen oder bei Liebeskummer extrem ab. Das würde mir nicht passieren, denn ich esse in allen Gefühlslagen. Nach einer Flugstunde kommt es dann auch schon mal vor, dass ich Helga, Matthias' Mama, die halbe Küche leeresse, meistens Tiefkühlpizza. Helga backt übrigens den besten Marmorkuchen, da solltet ihr unbedingt mal vorbeischauen!

Fazit

Stichwort Rücksichtnahme auf den Körper: Ich sollte wirklich wieder anfangen mehr Sport zu treiben und mich wieder gesünder zu ernähren! Denn irgendwann wird tatsächlich der Punkt kommen, an dem es anfängt, Spaß zu machen und man sich schlecht fühlt, wenn man mal einen Tag nichts getan hat. Wollte ich selbst nie glauben, aber das war in meiner Sportphase vor zwei Jahren wirklich so! Warum ich eigentlich damals aufgehört habe, weiß ich gar nicht mehr... Kann eigentlich nur an der Weihnachtszeit bei Oma gelegen haben :P ...

Eine Idee, um sich besser zu ernähren habe ich auch noch – allerdings muss ich sie selber auch noch ausprobieren: Für sich selber zu kochen oder ein gutes Lunchpaket zu packen, macht meist keinen Spaß. Dann sucht man die schnellstmögliche Variante, die dann wieder ungesund ist. Wenn

ihr aber einen Partner, eine Freundin, einen WG-Mitbewohner habt, könnt ihr ja den Deal machen, dass ihr euch immer gegenseitig eure Tagessnacks to go zubereitet. So mit Überraschungseffekt. Für seine Freunde gibt man oft eher sein bestes. Idealerweise wäre also das Resultat: zwei lecker und gesund befüllte Dosen. Postet doch mal eure Erfahrungen – dann können wir sehen, ob es klappt und ob ihr euch zu Rosen geschnitzte Möhren eingepackt habt, oder ob die Würstchen im Schlafrock gesiegt haben.
Wer hat einen super Motivations-Tipp für mich, damit ich wieder mit Sport und gesunder Ernährung anfange? Vielleicht geht's dir ja ähnlich :)
Bitte Direkt-Mail bei Instagram an @bettytaube.

Danke!

Schon GEWUSST?

Die Luftfeuchtigkeit und der Kabinendruck im Flugzeug sorgen dafür, dass du Geschmäcker viel weniger wahrnimmst. Deshalb schmeckt vielen der Tomatensaft nur in der Luft.

BETTYS TIPP

TOP 3 Model-TIPPS

1. Total unsexy, aber hautfarbene, Nahtlos-Unterwäsche ist super praktisch, egal wie eng oder durchsichtig die Klamotten sein mögen. Schluss mit komischen BH- und Schlüpperabdrücken!

2. Der Wow-Effekt: Kleide dich bis auf ein einziges Kleidungsstück komplett casual, z.B. ein komplett schwarzes Outfit aber knallgelbe Schuhe. Das geht immer und sieht gekonnt aus.

3. Lass den Zucker weg! Mache ich persönlich auch. Du wirst erst auf einem miesen Zuckerentzug sein, aber relativ schnell und nach kurzer Zeit merken, dass man tatsächlich mehr Energie und Kraft hat. Also, probier den Kaffee oder Tee doch heute mal ohne Zucker.

SPIELE Stewardess!

Du darfst einmal einen Servierwagen komplett nach deinen Wünschen füllen. **Was wäre drin?**

ÜBUNG

SCHREIBE ZWEI *Tage* MAL ALLES AUF, WAS DU ISST!

Markiere grün, was dir guttut, und rot, was eher ungesund ist. Dann hast du einen schönen Überblick, wie viel Gutes du deinem Körper tust. Wähle außerdem zwei ungesunde Dinge aus deiner Liste aus und versuche diese für die nächsten vier Wochen nicht anzurühren. #lassdirflügelwachsen hilft dir dabei ;)

Kapitel 6

SUCH DIR *die* RICHTIGE CREW:

FREUNDE UND FAMILIE

Be Grateful

Rückschläge und HERAUSFORDERUNGEN

Wie du ja weißt, komme ich aus keiner klassischen Familie mit Eltern und vielleicht noch Geschwistern und allem, was das Bilderbuch so hergibt. Eine klassische Familie, die einem immer den nötigen Rückhalt im Leben gibt.
Als ich zwei Jahre alt war, zog meine Mama mit mir von Joachimsthal nach Baden-Württemberg und irgendwann von da aus nach Berlin. Sie war alleinerziehend, weil sie das so wollte. Sie verbot sogar den Kontakt zu sämtlichen Verwandten, inklusive meines Vaters. Als ich zehn Jahre alt war, kam ich dann ins Heim. Das war wirklich die schlimmste Zeit meines Lebens, deshalb schreibe ich darüber noch mehr im Kapitel über Rückschläge und Herausforderungen.
Es war auch immer eine ungewohnte Situation für mich, wenn ich Freunde besucht habe, die in einem großen Haus gewohnt haben, so wirklich Vater, Mutter und Kind eben. Ich habe mich dann oft gefragt: Wie muss sich das wohl anfühlen? Warum habe gerade ich das nicht? Vielleicht kennst du solche Gedanken auch? Das Leben hat nicht für jeden von Anfang an einen großartigen Flugplan parat. Das musste ich auch auf die harte Tour lernen.
Aber: Ich habe dann herausgefunden, dass ich trotzdem eine Familie habe! Eine, die nicht ganz normal, oder sagen

Go with the flow

CREWLOVE IS TRUELOVE

dream team

wir mal nicht unbedingt klassisch, ist. Ich habe sogar mehrere Familien. Einmal meine Oma Heidrun, Tante Mary & Co., Verwandtschaft eben. Dann meine Crew, meine alten Schulfreunde. Und seit ich Koray geheiratet habe, ist auch er meine Familie. Was hast du für eine Familie?
Weil meine Eltern in meiner Kindheit nie wirklich für mich da waren, hat meine Oma, die Mama meiner Mama, schon immer eine besondere Rolle für mich gespielt. Ihr bin ich so unendlich dankbar! Sie hat immer dafür gekämpft, dass ich nicht ins Heim muss … leider vergebens. Um das Sorgerecht zu erhalten, war sie laut Jugendamt – völliger Blödsinn! – zu alt. Daher hat sie meinen Vater lange angefleht, mein Sorgerecht zu beantragen. Doch er hat es nicht gemacht. Das steht bis heute zwischen den beiden – und damit auch zwischen mir und meinem Papa. Aber um ehrlich zu sein, möchte ich keine Begründung dafür haben. Zu lange war ich in diesem ganzen Wirrwarr gefangen und bin jetzt einfach froh, dass dieses Kapitel vorbei ist. Ich bin zu müde, um mich zu fragen: »Warum?«. Aber trotzdem habe ich meinen Papa lieb und er wird immer mein Papa bleiben.
Immer, wenn es das Heim erlaubt hat, hat Oma mich zu sich nach Hause geholt. Sie hat meine Klassenfahrten bezahlt, damit ich mitfahren konnte, meinen Reitunterricht und auch sonst so einiges. Außerdem hat sie mir immer geglaubt, wenn Jugendamt, Heim, Drachen-Erzieherin, Möchtegern-Ersatzmama und Co. nicht auf meiner Seite waren. Meine Oma unterstützt mich bis heute bei all meinen verrückten Plänen, statt ängstlich dazwischenzugehen. Ohne Omi wäre ich nicht die Betty, die ich heute bin.
Menschen, die dich motivieren und bedingungslos hinter dir stehen, solltest du auf jeden Fall in einer Crew haben! Deshalb würde ich meine Oma Heidrun sogar als meine Co-Pilotin einstellen, wenn sie nicht so ein Angsthase wäre. Meine engsten Freunde sind immer noch dieselben wie zu Schulzeiten, ungefähr 15 Leute, ein ganz bunter Haufen.

Auch sie sind meine Familie. Sie waren einfach diejenigen, die mich immer verstanden haben, auch in all den schweren Zeiten. Wenn ich bei meiner Crew bin, habe ich nie das Gefühl anders zu sein. In unserer Clique kann es schon mal passieren, dass wir alle zusammen am See liegen und beschließen, genau jetzt ins Auto zu steigen und zur Ostsee zu fahren. Oder im Winter eine Motorhaube an ein Auto hängen und nachts mit achtzig Stundenkilometern übers Feld brettern. Über all unsere verrückten Abenteuer könnte ich ein extra Buch schreiben. Ich muss sagen, dass ich schon immer mit Jungs besser klargekommen bin als mit Mädchen. Deshalb heißt meine beste Freundin auch Erik. Erik ist ein Dorfei aus Wriezen. Er bricht in Panik aus, wenn er einen Tag nach Berlin muss. Wir haben uns in der Schule kennengelernt, als ich ihn mit einem Volleyball abgeworfen habe ... Deshalb konnten wir uns auch erst mal nicht leiden, wir haben uns gehasst. Mittlerweile sind wir aber die besten Freunde – ein richtiges Powerteam. Erik hat sich sogar einen Knopf (mein früheres Markenzeichen), eine Taube und das Wort »Powerteam« auf seine Wade tätowieren lassen. In unserer jahrelangen Freundschaft gab es allerdings auch mal eineinhalb Jahre lang keinen Kontakt. Dazu gibt es auch eine echt fiese Geschichte: Für meine Hochzeit wollte ich Erik als Trauzeugen. Und er hat mir tatsächlich einen Abend vor der Trauung eine Mail geschrieben, dass er wegen einer seiner Ex-Freundinnen nicht kommt. So sauer und enttäuscht von einem Menschen war ich schon lange nicht mehr. Das tut ihm bis heute unendlich leid. Was ich damit sagen will: Auch unsere Lieben machen Fehler. Das ist menschlich. Egal ob Mama, Papa oder beste Freunde. Aus Erfahrung weiß ich: Wahre Freundschaft und wahre

Liebe halten das aus! Es ist wichtig zu lernen, vergeben zu können. Lebt sich entspannter. Probiert's aus!

Natürlich habe ich auch einige Freundschaften durch meine Teilnahme bei *Germany's Next Topmodel* und damit meinen Start ins Modelleben geschlossen, darunter sind andere Models, YouTuber, Influencer und Fotografen – aber das ist niemals dasselbe wie mit meiner Gang!
Ein Charakterzug von mir ist es, dass ich oft nicht meine Meinung gegen andere Menschen sagen kann, weil ich

Angst habe, diese zu verletzen. Generell gehe ich Stress gerne aus dem Weg und halte lieber öfter meinen Mund, anstatt unnötige Diskussionen anzuzetteln. Es hat lange gedauert, bis ich kapiert habe, dass man sich manchmal, egal wie sehr es auch wehtun mag, von Menschen trennen muss. Ich hatte eine Freundin, die die gesamte Zeit auf dem Gymnasium wie eine Schwester für mich war. Ihre Eltern hatten sogar Adoptionspläne im Kopf. Sie war für mich immer einer der wichtigsten Rückhalte in meiner ganzen Heimzeit. Irgendwann hat es dann einfach nicht mehr funktioniert. Es ist viel zwischen uns vorgefallen, wobei sicherlich jede von uns beiden ihren Teil beigetragen hat.

Vergiss nie: Du bist der Kapitän deiner Reise! Du gibst das Ziel vor! Deine Crew ist dafür da, deine Ziele mit anzusteuern und dich zu unterstützen. Wer dir im Weg steht, dich ausbremst oder den falschen Kurs vermittelt, hat nichts an Bord zu suchen.

Du bist der Kapitän deiner Reise!

TOUJOURS
paris

MAMA: SIE IST TROTZ ALLEM *immer* BETTYS NUMMER 1

always

NEVER FORGET: LOVE MATTERS MOST

Danke, DASS ES DICH GIBT

Schreibe deiner Mama/Oma/Schwester/besten Freundin einen Brief und sage ihr, welche Rolle sie in deinem Leben spielt.

KANN ICH DICH WAS fragen, OMA?

Sprich mit deinen Großeltern und frage sie, welche Träume sie früher hatte, was sie vielleicht anders machen würde und welche Tipps sie dir für dein Leben geben kann!

Oma hat mich von meinen Sommersprossen überzeugt und mir immer wieder gesagt:

Ein Mädchen OHNE SOMMERSPROSSEN ist wie ein HIMMEL ohne STERNE!

Ich liebe meine Sommersprossen mittlerweile :)

Reise DESTINATIONEN

BETTYS TOP 3 FLUGDESTINATIONEN FÜR EIN WOCHENENDE MIT FREUNDEN MIT FLUGZEIT

1. **ISTANBUL TXL-IST**

   ca. 2:50H

2. **PARIS TXL-CDG**

   ca. 1:45H

3. **HELSINKI TXL-HEL**

   ca. 2:00H

UND WAS SIND DEINE?

1.

2.

3.

INSTA-PINNWAND: DAS SIND BETTYS BESTE *Freundinnen* IM INFLUENCER-BUSINESS. ICH *liebe* SIE SOGAR!

passion

@JANA.HEINISCH
@ANIYBOND

DAS BEDEUTET *Freundschaft* FÜR BETTY

Freunde sind für mich Spaß und »Zuhause« sein. Da kann ich mich auch mal richtig daneben benehmen – und sie machen mit.Egal was ich anstelle und was auch passiert, sie stehen hinter mir!

TEST

WIE *gut* KENNST DU DEINE *beste* FREUNDIN?

Zum gemeinsamen Ausfüllen: Du hast ein Flugticket zu verschenken, egal wohin. **Plant eine gemeinsame Reise!**

DEFINITION Freundschaft

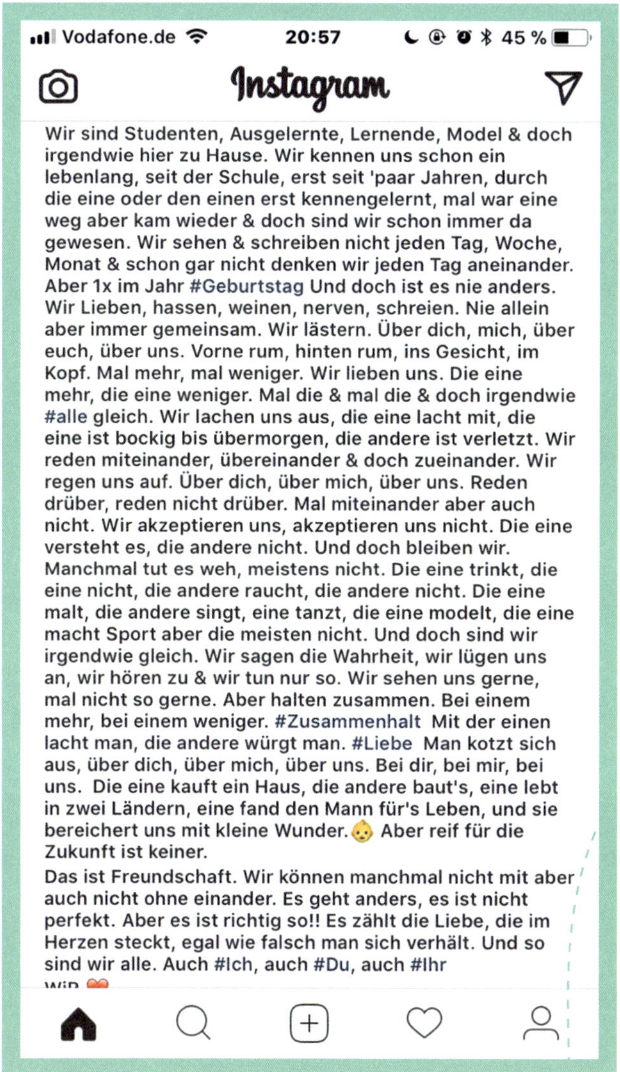
Vodafone.de 20:57 45 %

Instagram

Wir sind Studenten, Ausgelernte, Lernende, Model & doch irgendwie hier zu Hause. Wir kennen uns schon ein lebenlang, seit der Schule, erst seit 'paar Jahren, durch die eine oder den einen erst kennengelernt, mal war eine weg aber kam wieder & doch sind wir schon immer da gewesen. Wir sehen & schreiben nicht jeden Tag, Woche, Monat & schon gar nicht denken wir jeden Tag aneinander. Aber 1x im Jahr #Geburtstag Und doch ist es nie anders. Wir Lieben, hassen, weinen, nerven, schreien. Nie allein aber immer gemeinsam. Wir lästern. Über dich, mich, über euch, über uns. Vorne rum, hinten rum, ins Gesicht, im Kopf. Mal mehr, mal weniger. Wir lieben uns. Die eine mehr, die eine weniger. Mal die & mal die & doch irgendwie #alle gleich. Wir lachen uns aus, die eine lacht mit, die eine ist bockig bis übermorgen, die andere ist verletzt. Wir reden miteinander, übereinander & doch zueinander. Wir regen uns auf. Über dich, über mich, über uns. Reden drüber, reden nicht drüber. Mal miteinander aber auch nicht. Wir akzeptieren uns, akzeptieren uns nicht. Die eine versteht es, die andere nicht. Und doch bleiben wir. Manchmal tut es weh, meistens nicht. Die eine trinkt, die eine nicht, die andere raucht, die andere nicht. Die eine malt, die andere singt, eine tanzt, die eine modelt, die eine macht Sport aber die meisten nicht. Und doch sind wir irgendwie gleich. Wir sagen die Wahrheit, wir lügen uns an, wir hören zu & wir tun nur so. Wir sehen uns gerne, mal nicht so gerne. Aber halten zusammen. Bei einem mehr, bei einem weniger. #Zusammenhalt Mit der einen lacht man, die andere würgt man. #Liebe Man kotzt sich aus, über dich, über mich, über uns. Bei dir, bei mir, bei uns. Die eine kauft ein Haus, die andere baut's, eine lebt in zwei Ländern, eine fand den Mann für's Leben, und sie bereichert uns mit kleine Wunder. 👶 Aber reif für die Zukunft ist keiner.

Das ist Freundschaft. Wir können manchmal nicht mit aber auch nicht ohne einander. Es geht anders, es ist nicht perfekt. Aber es ist richtig so!! Es zählt die Liebe, die im Herzen steckt, egal wie falsch man sich verhält. Und so sind wir alle. Auch #Ich, auch #Du, auch #Ihr

WiR ❤

DU SITZT AM *Steuer*, DU TRÄGST VERANTWORTUNG!

Oft genug suchen wir den Fehler bei anderen. Warum versteht die Freundin nicht, was ich ihr zu erklären versuche? Warum kritisiert mich mein Chef immer wieder? Warum regen sich meine Eltern so darüber auf, wenn ich mal etwas später als vereinbart nach Hause komme? Denk mal drüber nach: Vielleicht liegt es an dir? Wenn du anderen die Schuld gibst, dann gibst du ihnen auch die Macht. Dann kannst du nichts ändern.

Übernimm die Verantwortung, denn du sitzt am Steuer deines Lebens! Versuch's mit anderen Beispielen, damit deine Freundin dich besser versteht. Lerne mehr, damit du bessere Noten bekommst. Zeige deinen Eltern, wie vernünftig und verantwortungsbewusst du wirklich bist, damit sie sich weniger Sorgen machen. Wenn sich Dinge in deinem Umfeld ändern sollen, musst du dich zuerst ändern!

WEISST DU *noch*?

Erinnere dich daran, wann und wie du deine drei besten Freunde kennengelernt hast! **Sprecht miteinander darüber!**

Hold on to your dreams

Kapitel 7

LOVE IS IN THE AIR:

WER IST DEIN CO-PILOT RICHTUNG WOLKE LIEBE?

Amore

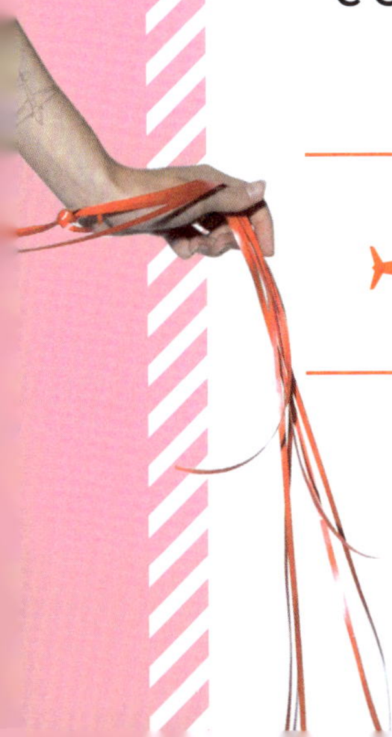

Liebe ist ein GROßES Wort.

Wusstet ihr, dass es in China 125 verschiedene Begriffe für die Liebe gibt? Und Recht haben sie. Denn Liebe ist nicht gleich Liebe. Ich liebe Adrenalin, ich liebe Essen, ich liebe Hippos, und ich liebe meine Familie und meinen Ehemann. Aber alles und alle auf völlig unterschiedliche Art und Weisen.

Leute, die mich kennen, wissen, dass ich ständig Dinge liebe oder hasse. Ich liebe und hasse sehr, sehr viele Dinge, zum Beispiel liebe ich Fotoshootings und ich hasse Laufstege. Oder ich liebe es, einfach Richtung Westen zu fliegen und hasse Funknavigation.

Die Liebe ist so ein Thema. Ich habe viele Meinungen dazu. Ich bin überzeugt, dass Liebe keine Grenzen kennt. Ich muss das wissen, denn ich war schließlich schon mal in »E.T.«, den Außerirdischen, verliebt. Sie kennt weder Grenzen in Sachen Alter, noch was die Anzahl der Menschen betrifft, die man lieben kann.

Die Frage, die ich am häufigsten gestellt bekomme (neben: »Wie war Heidi so?«) ist: »Warum hast du so früh geheiratet?« Die Antwort ist ganz einfach: »Weil ich Koray liebe.« Oder existiert etwa irgendwo ein Anmeldeformular »Fünfzig Dinge abchecken, und dann nach sieben Jahren heiraten«, von dem ich nichts mitbekommen habe? Kleiner Tipp

you make my HEART SMILE

LOVE IS IN THE AIR

von mir: Das Tolle am Heiraten ist, man stirbt davon nicht! Das soll jetzt nicht heißen, dass ihr alle wie wild drauf los heiraten sollt, nein, man muss sich da schon sicher sein. Ja, ich gebe zu: Bei meinem Antrag nach drei Monaten Beziehung »Ja« zu sagen, da war auch ein bisschen rosarote Brille mit im Spiel. Aber die liegt mittlerweile in der Kommode und, tadaaa, ich bin immer noch verheiratet.

Es hätte natürlich auch schiefgehen können und kann tatsächlich immer noch schiefgehen, aber das bin eben auch ich. Ich stürze mich ständig in neue Abenteuer. Auch die Liebe zählt zu den größten Abenteuern, die man meiner Meinung nach so durchleben kann. Das erste Mal verliebt sein, der erste Kuss, der erste Liebeskummer und alles, was dazu gehört. Auch mal »daneben zu lieben« oder jemanden toll gefunden zu haben, für den man sich Jahre oder auch nur Monate danach schon total schämt, soll wohl öfter vorkommen. Auch mir ist das ein-, zweimal passiert. Aber dieses Phänomen schieben wir einfach auf die biologischen Prozesse in unserem Körper, die uns das Gefühl der Liebe vermitteln. Auch Hormone verlaufen sich mal ab und an. Es gibt keine andere Begründung dafür, warum wir mal diesen Marvin, ... → (füge hier einen Namen hinzu) oder wie sie auch immer heißen, gut fanden. An dieser Stelle darf man jetzt auch ruhig mal ganz kindisch ein lautes »Ihhhhh« von sich geben!

Wenn es einen aber dann so richtig erwischt hat und die Schmetterlinge im Bauch ein *Air Race* fliegen, ja, dann ist man angekommen auf seiner Wolke. Ja, die berühmtberüchtigte Wolke 7. Es gibt auch andere Wolkenarten: die Wolken 4 bis 6 zum Beispiel. Solange man nicht runterfällt, ist es auch ganz egal, auf welcher Wolke man gerade schwebt. Wolken entstehen aus winzig kleinen Wassertröpfchen. Und so hat alles seinen Anfang. Wie Korays und mein Anfang war, möchte ich euch jetzt ersparen, oder vielmehr mir selbst. Aber gut, ich gebe euch zumindest noch einen Hinweis. Es war sehr, sehr, sehr peinlich – und alle, die *Taff* geguckt haben, konnten unsere Begegnung bei *Betty goes Istanbul* mitverfolgen. Für all diejenigen, die es trotzdem wissen möchten: Unter folgendem Link **http://www.7tv.de/taff/201511-betty-goes-istanbul-folge-4-clip** findet ihr die Antwort. Es sind die ersten Minuten, die wir uns je gesehen haben. Und irgendwie ist es ja doch sehr besonders, dass es unser Kennenlernen einfach auf Band gibt. Wer weiß? Vielleicht zeigen wir das ja mal irgendwann unseren Kindern.

Koray ist genauso alt wie ich, hat türkische Wurzeln und ist Profi-Fußballer. Nie im Leben hätte ich gedacht, dass ich sowas mal über meinen Ehemann sagen würde. Mein Traummann war immer älter als ich, von Kopf bis Fuß tätowiert, ein bisschen so, dass man Angst vor ihm hat und sowas halt. Nun bin ich wohl eine Spielerfrau, wie die Presse es immer so schön nennt. Aber was ist eigentlich eine Spielerfrau? Ich habe das mal gegoogelt und viele negative Bezeichnungen und Erklärungen gefunden. Ein sehr inter-

all Things are Possible

essanter Beitrag beschreibt Spielerfrauen folgendermaßen: »... die Mehrheit der Spielerfrauen ist einfach nur hohl, aber dafür bis in die Haarspitzen gestylt.«
Halt! Stop! Ich würde behaupten, es gibt zwei Arten von Spielerfrauen. Die, die unbedingt genau dem Klischee einer Spielerfrau entsprechen wollen, und dann solche wie mich, die da ungewollt reingeraten sind und jetzt damit leben müssen, ein angeblich anhängiges Accessoire vom Typ Männerheld zu sein. Ich hätte kein Problem damit, wenn Koray zum Beispiel Pizzabäcker wäre, dann würde ich sogar noch mehr von ihm profitieren, weil ich jeden Tag was Leckeres serviert bekäme. Sicherlich behaupten jetzt ein paar böse Zungen, dass mir das sehr wohl was ausmachen würde, weil er dann ein paar weniger Nullen auf seinem Kontostand stehen hätte. Aber ich weiß nicht mal, wie viel Geld mein Mann auf seinem Konto hat. Wir verzichten auch auf die steuerlichen Vorteile unserer Heirat, und jeder macht seine Finanzen selbst. Klar bezahlt mein Mann öfter mal die Rechnung, wenn wir essen gehen, aber eben auch nicht immer. Ich bezahle meine Autos, meinen Flugschein, Miete, Flüge zu meinem Mann und vieles mehr alles selbst. Ich möchte nicht, dass mir ein anderer Mensch mein Leben finanziert und bestimmt. In unserer Anfangsphase musste ich mich echt daran gewöhnen, dass ich meinen Burger nicht selbst bezahlen durfte.
Schade, dass es das Wort Spielerfrau sogar im Duden zu finden gibt! Wer auch immer sich diesen Begriff ausgedacht hat ... dessen Frau ist dann sicherlich eine »Kannmannichtstolzdraufsein-Frau«.

Häufig stellen mir Leute die Frage: Dein Mann und du, ihr seid doch so unterschiedlich, wie macht ihr das? Oder: Koray ist Moslem, du nicht, wie passt das? Stimmt, Koray und ich stammen aus unterschiedlichen Kulturen. Und die deutsche und die türkische sind auch noch ganz schön verschieden, was uns ab und an vor Herausforderungen stellt. Ich bin unreligiös erzogen worden und habe keine strengen Traditionen erlebt und beigebracht bekommen. Klar feiere ich Ostern und Weihnachten, aber eher, weil man das eben immer gemacht hat. Meinem Mann zuliebe esse ich mittlerweile kein Schweinefleisch mehr. Eine echte Herausforderung, wenn meine Oma meine ganzen Lieblingsgerichte kocht. Das war eine ganze Zeit lang problematisch (ist es manchmal immer noch). Als Koray das erste Mal mit zu mir nach Hause kam, war meine Omi total überfordert, weil sie nicht wusste, was sie kochen soll. Sie hat sechs Stunden im Internet recherchiert, was sie Feines zubereiten könnte und hat schließlich einen Rinderbraten gemacht. Als er dann meinte: »Boah, so lecker!«, war meiner Omi die Erleichterung ins Gesicht geschrieben.

In unserer Ehe müssen wir immer wieder Kompromisse eingehen, was unsere kulturellen Unterschiede angeht. Koray findet, dass ich zu viel arbeite und hätte mich am liebsten öfter bei sich. Das muss ich mir auch immer mit so einem gewissen Unterton von meiner Schwiegermama anhören. Ihm wäre es am liebsten, wenn ich nur fünf Tage im Monat arbeiten ginge (oder überhaupt nicht mehr). Ich arbeite nur in Deutschland und muss deshalb immer Italien (früher Istanbul) für mindestens ein paar Tage verlassen. Da er aber weiß, wie sehr ich meinen Job liebe, und wie wichtig es mir ist, unabhängig zu sein, erträgt er es schweren Herzens, dass wir öfter getrennt sind. Trotzdem sehen wir uns immer, denn auch wenn wir räumlich getrennt sind, telefonieren und facetimen wir, so oft es nur geht. Auch nachts muss er oft länger am Telefon bleiben, weil ich dann besser schlafen kann.

Was ich an Koray ganz besonders liebe und schätze ist, dass er immer zu mir hält und mich fast immer versteht. Er unterstützt mich in allen Dingen, außer beim Fliegen. Er hat Angst um mich und fragt sich immer, warum ich nicht einfach Briefmarken sammeln kann. Aber so ganz langsam

hat er sich daran gewöhnt, dass ich fast nur noch Flugzeuge im Kopf habe. Irgendwann, wenn er ein paar Mal bei mir mitgeflogen ist, wird er schon sehen, wie unglaublich toll es in der Luft ist. Aber so wie er sein Fußball hat, habe ich eben meine Fliegerei. Ich finde, das tut einer Beziehung gut, wenn beide Partner eine Leidenschaft haben, bei der sie einfach mal für sich sein können.

Die muslimische Kultur ist nicht so offen und freizügig wie die Deutsche, was für mich natürlich nicht immer einfach ist. Wenn ich beispielsweise ein Unterwäsche-Shooting habe, dann ist das schon etwas schwieriger als vor Korays Zeit. Unabhängig von seiner Kultur und Religion findet er es nicht toll, wenn andere Männer mich so sehen. Das finden einige typisch deutsche Männer von ihren Freundinnen genauso blöd. Unter meinen freizügigen Bildern muss ich oft Kommentare von Muslimen lesen, die dann sowas schreiben wie: »Du bist eine Schande für deinen Mann!« Zum Glück kann ich, und auch mein Mann, darüber nur den Kopf schütteln. Ich denke, wir harmonieren so gut, weil wir viel Verständnis und Rücksicht füreinander haben und einfach die ganze Sache mit den Unterschieden nicht zu ernst nehmen. Das wäre ja dann auch so ein »Deins ist falsch – meins ist richtig!«-Ding, was ja völliger Blödsinn ist. Viel reden hilft immer.

Neben meinen Mann müssen natürlich auch meine Omi und meine Mama genannt werden, die ich beide sehr liebe. Meine größte Liebe ist meine Mama. Sie ist immer meine Nummer 1. Mein bester Freund Erik und ich reden oft über die Zeit, als ich noch bei ihr gelebt habe. Einmal hat er mich gefragt, wie ich sie nach all den Geschehnissen noch lieben kann. Sie ist der wundervollste Mensch mit einem unglaublichen Herzen, was man aufgrund ihrer schrecklichen Krankheit nicht sofort sehen kann. Bei meiner Mama habe ich die ersten acht Jahre meines Lebens gelebt, bis ich in der vierten Klasse ins Heim gekommen bin, weil sie abhängig war und nicht mehr für mich sorgen konnte. Ich habe viele Erinnerungen an diese ersten Jahre mit meiner Mama. Ich weiß beispielsweise immer noch, an welchen Tagen ich was im Kindergarten anhatte. Aber auch sehr viele negative Erinnerungen sind mir geblieben. Ich glaube, ich habe ein besonderes Kindheitserinnerungsgedächtnis. Dazu später mehr.

Jetzt wollen wir erstmal gemeinsam abheben, oder?

WER SOLL DEIN *Co-Pilot* SEIN?

Was ist dir in einer Beziehung besonders wichtig und wie klappt das mit deinem Partner/deiner Partnerin?

CHECKLISTE

KREUZE MIT JA ODER NEIN AN, UM ZU SEHEN, WIE GUT SICH DEIN *Partner* ALS CO-PILOT DEINES LEBENS MACHT:

IHR HABT EIN GEMEINSAMES ZIEL?

- Ja
- Nein

WENN'S BRENZLIG WIRD, KANNST DU DICH AUF IHN VERLASSEN?

- Ja
- Nein

AUCH BEI LANGER FLUGZEIT WIRD DIR MIT IHM NICHT LANGWEILIG?

- Ja
- Nein

SEINE CREW IST AUCH DEINE CREW?

- Ja
- Nein

Herzensmomente – DIESE ERINNERUNGEN SIND FÜR DIE EWIGKEIT GEDACHT

LOVE IS A JOURNEY

1.

2.

3.

4.

5.

CHALLENGE

DU & DEINE Stärken

Was kannst du besonders gut, wo fragen dich andere oft um Rat, weswegen warst du zuletzt stolz auf dich? Niemand ist je glücklich, reich oder berühmt geworden, weil er/sie an ihren Schwächen gearbeitet hat – sondern weil sie genau wussten, was sie so richtig gut können. Fokus auf deine Stärken, baue sie aus, nutze sie.

Was sind deine fünf größten Stärken?
Hierbei kann dir sicher auch dein Partner helfen!

More self love

1.

2.

3.

4.

5.

CHALLENGE

POSTE EIN FOTO MIT DEINEM *Liebsten* UND VERWENDE DEN HASHTAG

#LIEBLINGSMENSCH

FOLLOW YOUR HEAET

let's fall in love

Kapitel 8

BITTE ANSCHNALLEN! ES *geht* LOS!

WIE DU DEINE REISE WIRKLICH GENIEßT

Follow your dreams!

Viele Leute träumen vom REISEN.

Sie wollen die Welt erkunden und erleben. Eine Reise kann aber genauso gut ein bestimmter Abschnitt in deinem Leben sein. Ich habe bis jetzt fünf große Reisen gehabt. Das Leben mit meiner Mama, die Heimzeit, *Germany's Next Topmodel*, mein Leben danach, und jetzt die Erkundung der Lüfte.

Germany's Next Topmodel hat mein Leben von heute auf morgen komplett auf den Kopf gestellt. Da hatte ich bildlich gesprochen nicht mal mehr Zeit, mich anzuschnallen. Ich habe diese Reise als kleines Mädchen angetreten und wurde in eine komplett neue Welt geschubst. Gutes Beispiel hierfür: In einer der *GNTM*-Folgen war Alessandra Ambrosio zu Gast, und alle Mädchen so: »Woah, voll toll!«, und ich so: »Wer ist das?!« Wenn ich heute nochmal einen Kuss von ihr bekommen würde, dann würde ich mich nie mehr waschen. Damals kannte ich sie nicht und habe mich also gewaschen.

Alles ging so schnell, von heute auf morgen, und ich war so unvorbereitet auf das Ganze. Ein Redakteur unserer Staffel meinte während der Dreharbeiten zu mir, ich könne mich darauf einstellen, dass alles anders sein würde, wenn ich nach Hause komme. Da dachte ich mir: »Was redet er da?!« Dann war alles abgedreht, und es ging wieder zurück nach Deutschland. Er hatte ja so, so Recht.

Goals:
be happy.

FOLLOW ME AROUND THE GLOBE

Plötzlich kennen fremde Menschen meinen Namen und sprechen mich auf der Straße (sogar in Tokyo) an. Ehrlich gesagt ist es jedes Mal eine mega komische Situation, woran ich mich bis heute nicht gewöhnen kann. Wenn ich dann gefragt werde, ob ich wirklich Betty sei, dann antworte ich oft: »Nein!« :D Was aufgrund meiner Stimme dann aber eh geklärt ist. Wäre es besser gewesen, wenn ich auf diese Reise vorbereitet gewesen wäre? Alles kommt, wie es kommen soll. Ich hatte nichts zu verlieren und auch keine Ansprüche an mich selbst, und konnte deshalb jeden Tag genießen. Ich denke, jeder von uns hat so einem Punkt in seinem Leben, wo sich auf einmal alles verändert – ob das jetzt nach der Schule ist, die erste eigene Wohnung/WG, eine neue Liebe oder ein neuer Job. Das Schöne an all diesen Reisen ist, dass man so, so viel dazulernt... besonders über sich selbst.

Eine ganz neue und große Reise meines Lebens ist das Fliegen. Dafür habe ich mich natürlich angeschnallt. Und trotzdem war der Start etwas wackelig. Das war so:
Anfang 2017 war ich auf einer Benefiz-Gala, wo der Weltmeister des *Red Bull Air Race* Matthias Dolderer vor mir auf der Bühne stand. Man konnte einen Mitflug mit ihm ersteigern. Ich war so aufgeregt. Er ist schon so etwas wie ein Idol für mich. Leider hat mir irgendein reicher Mensch meinen Kindheitstraum vor der Nase weggekauft.
Ich stalkte Matthias schon eine ganze Weile auf Instagram. Guckte mir alle Bilder und Videos von ihm direkt an. Irgendwann hat er das dann wohl mal mitbekommen und mir bei Instagram geschrieben. Ihr könnt euch nicht vorstellen, wie ich ausgerastet bin! Ungefähr so, wie wenn Justin Bieber einem elfjährigen Fan-Girl schreiben würde. »Fliegst du auch?«, hat er mich gefragt. So entstand unsere erste Konversation, und er hat mich direkt zu einem Flug mit ihm eingeladen. *Holy Shit!*

believe. achieve. succeed.

Am 25. August 2017 war es dann soweit: Der Tag, der alles verändert hat!
Ich reiste nach Tannheim. Das ist ein ganz kleiner Ort in Baden-Württemberg, wo Matthias seinen Flugplatz hat. Ich war so aufgeregt wie selten zuvor. Da stand er nun direkt vor mir, mein »*Hero Pilot*«. Er hat mich gefragt, ob ich zuvor schon mal in so einer kleinen Maschine gesessen habe. Noch nie! Umso mehr Angst hatte ich vor der ganzen Sache! Ich habe weder in einem Flugzeug mit nur einem Motor gesessen und schon gar nicht habe ich damit Loopings, Schrauben und Co. gedreht.
Ich hatte Angst, dass mir schlecht wird und ich die ganzen sogenannten G-Kräfte (das ist die Belastung, die auf einen Körper z.B. in einer Achterbahn oder eben beim Fliegen einwirkt) nicht vertrage. Aber wisst ihr, wovor ich am allermeisten Angst hatte? Dass mir das Fliegen, speziell das Kunstfliegen, nicht taugt und ich meine ganze Kindheit lang einen Traum hatte, der überhaupt nicht für mich geschaffen ist.
Mir wurde der Fallschirm angezogen und dann wurde ich ins Flugzeug geschnallt.
»Wenn etwas passieren sollte, dann machst du hier die Gurte auf, drückst diese beiden Knöpfe zusammen, krabbelst aus dem Flugzeug, springst einfach und ziehst an dieser Schnalle!« Ich frage mich bis heute, wie es möglich ist, aus einem bis zu vierhundert Stundenkilometer schnellen Flugzeug zu krabbeln, aber das muss ich hoffentlich auch niemals ausprobieren. Mit schwitzigen Händen und einer Menge Adrenalin im Blut rollten wir dann mit seiner *Extra*, so hieß dieses Kunstflugzeug, Richtung Startbahn. Dann ging's los ...

Mein erster Eindruck: Ich hätte weinen können vor Freude. Das war so ein unglaublicher Moment, der mir heute immer noch Gänsehaut bereitet. Im nächsten Schritt war ich

erstaunt darüber, wie unterschiedlich das Fliegen an sich sein kann. Bisher war ich nur in großen Passagiermaschinen unterwegs gewesen. Ich sage euch: So eine *Extra* geht ab wie eine Rakete! Dagegen ist eine Boeing oder ein Airbus Langeweile hoch 72628191. Wir schossen in die Luft, und dann durfte ich das Flugzeug auch gleich mal ein bisschen selbst steuern. Ich war erschrocken, wie sensibel das Flugzeug auf alles reagiert. Ich dachte vorher, man müsse schon ordentlich das Steuer rumreißen, dass sich da was bewegt. Ganz im Gegenteil! Beim Fliegen braucht man Gefühl. Ich durfte selbst einen Looping fliegen. Ich war ununterbrochen am Schreien – vor Glück, vor Adrenalin, vor Freude. Dann übernahm wieder *Hero Pilot* die Kontrolle. Ich wusste mittlerweile nicht mehr, wo oben, unten, links und rechts ist. Ungefähr so, als würde man alle Achterbahnen der Welt gleichzeitig fahren. Es war der absolute Wahnsinn!!!!
Ich spürte das erste Mal in meinem Leben stärkere G-Kräfte: Mein Gesichtsspeck verformte mein Gesicht, mein Blut schoss vom Kopf in die Füße und hin und her. Ein Gefühl, das mit nichts anderem zu vergleichen ist. Ich bin der Meinung, jeder sollte dieses Gefühl mindestens einmal erleben.

Wir sind wieder gelandet. Mir ging es super. Jedoch habe ich das körperlich schon irgendwie gemerkt, dass da gerade etwas passiert ist, wofür der menschliche Körper eigentlich nicht geschaffen ist. Mir war nicht schlecht, aber etwas wackelig auf den Beinen. Dann wurde getankt und in Runde zwei gestartet. Betty will mehr! Du weißt ja: Ich bin adrenalinsüchtig! Als wir wieder gelandet sind, meinte ich, dass ich auch unbedingt fliegen können möchte. Dann hat mich *Hero Pilot* angeguckt und gesagt: »Einfach machen!«
In meinem Kopf spielte sich Engelsmusik ab, über Matthias ein Heiligenschein. Regenbögen und hüpfende Einhörner

sprangen umher. Kennt ihr solche erleuchtenden Momente?
Und so einfach seine Antwort war, diese zwei Worte haben mich als Menschen komplett verändert. Es ist so einfach, seine Träume in Ziele umzuwandeln, man muss eben nur anfangen! Oder eben den entscheidenden Anstoß bekommen. An diesem Tag stand für mich fest, ich melde mich direkt bei der Flugschule an, und das habe ich dann auch endlich gemacht. Ich bereue nur, dass ich es nicht schon viel früher gemacht habe. Seitdem vergeht kein Tag mehr, an dem ich nicht ans Fliegen denke.
Matthias – ich bin dir unendlich dankbar!!!!!
Einen Schockmoment gab es für mich allerdings auch noch! Auf dem Videomaterial von unserem Flug gab es eine Sequenz, auf der zu sehen war, dass ich für zwei Sekunden ohnmächtig geworden war. Ich war so, so, so, so traurig, weil ich dachte, dass das bedeuten würde, dass ich den Traum vom Fliegen jetzt vergessen kann. Heute weiß ich, dass das schon mal vorkommt, und man das alles trainieren kann.

Ich weiß gar nicht, wie viele Starts ich schon mit einem Flugzeug erlebt habe, aber ich würde so um die vierhundert schätzen. Ich liebe den Start und freue mich jedes Mal so, als wenn ich das erste Mal im Flieger sitzen würde. Ich muss immer am Fenster sitzen, und am liebsten ganz hinten. Ich beobachte dann die Tragflächen und Klappen, die Wolken, das Wetter, einfach alles. Wenn ich mal nicht aus dem Fenster gucke, dann schlafe ich. :D Ich kann immer und überall schlafen. Wenn ich gähne, heißt das aber noch lange nicht, dass ich müde bin, sondern vielmehr, dass ich aufgeregt bin, angespannt oder mich körperlich anstrenge. Ich gähne jede Sekunde, bevor ich raus auf den Laufsteg

muss, bei meinen Flugstunden und beim Sport bekomme ich kaum Luft vor lauter Gähnen.

Wichtig für deinen Start ist es eigentlich nur, loszulegen. Was hindert dich daran, nicht direkt heute in ein neues Abenteuer zu stürzen? Wenn es ein Hindernis geben sollte, dann überlege dir, wie sich diese Hürde überwinden lässt! Hole dir Rat oder vielleicht sogar Hilfe! Frage doch mal deine/n beste/n Freund/in, wie er oder sie die ganze Reise angehen würde!

Wenn man nach dem Start die Klappen zu schnell einfährt, kann es passieren, dass das Flugzeug etwas absackt. Du wirst merken, dass es fast unmöglich ist, dass immer alles genau so läuft, wie du es dir vorstellst. Traue dich einfach, etwas auszuprobieren, und das Allerwichtigste: Halte dir immer dein Ziel vor Augen!

Suche oder gestalte etwas, das du dir jeden Tag angucken kannst und das dich daran erinnert, wo du einmal landen möchtest. Ein kleines Bild in deiner Tasche, ein Hintergrundbild im Handy oder ein Gegenstand, der dich an dein Ziel erinnert und den du dir in Deinem Zimmer oder in deiner Wohnung so lange in den Weg stellst, bis du dieses Ziel erreicht hast. Ich hab das etwas extremer gemacht und mir das Flugzeug, mit dem man ein *Air Race* fliegt, tätowieren lassen.

GOALGETTER

KULINARISCHE *Reise* UM DIE WELT

Probier dich durch die Welt, wenn du gerade nicht sofort losreisen kannst!

Restaurant:

Gericht:

Restaurant:

Gericht:

BETTYS TIPP

TOP 3 RITUALE ZUR *Entspannung*

Musik oder Hörbuch hören: Ich höre am liebsten »Der kleine Prinz« oder »Bibi und Tina« oder eben meine Lieblingsmusik. :)

Planschen: Badewanne voll und Kerzen an, Laptop auf den Stuhl daneben und eine Serie oder Film gucken.

Freunde: Gemeinsam essen, grillen, einfach beisammen sein, viel lachen und 'ne tolle Zeit haben lässt alle Sorgen und den ganzen Stress drumherum vergessen.

CHALLENGE

DEIN MANTRA *für* INNERE RUHE

Wenn du überfordert bist, dich gestresst fühlst, gerade alles zu viel wird oder aussichtslos wirkt… nimm dir ein paar Minuten Zeit und komme runter! Such dir ein ruhiges Plätzchen, atme tief ein und aus. Sage dabei einen beruhigenden Satz, der dir wieder Zuversicht und Stärke gibt. Zum Beispiel: »Alles kommt so, wie es kommen soll.« Oder: »Ich werde das schaffen, denn ich glaube an mich.«.

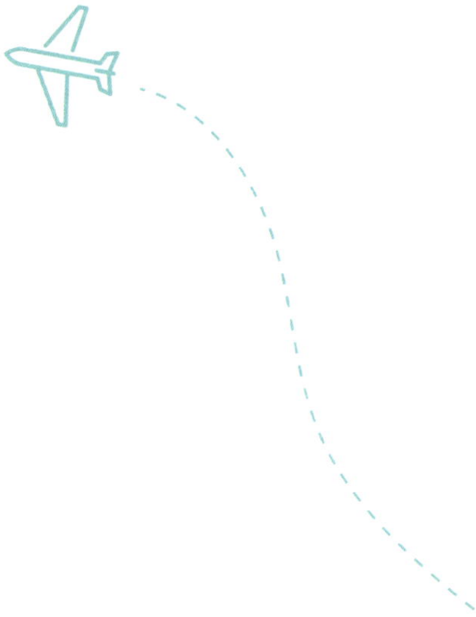

CHALLENGE

MOTTO*abend*

Mach mit deinen Freunden einen Motto-Abend rund um ein Urlaubstraumziel, welches ihr schon immer mal sehen wolltet, z.B. Mexiko? Dann kocht typisch mexikanisches Essen, setzt euch einen Sombrero auf, schaut euch eine Doku übers Land an und tanzt durchs Wohnzimmer zu mexikanischen Klängen
Lasst mich an eurem Kurztrip teilhaben, klebt ein Foto hier ein und postet ein Video/Foto unter dem #lassdirflügelwachsen.!

CHALLENGE

KOPFkino

Wann hast du zuletzt einen Moment so richtig voll und ganz genossen? Nimm dir fünf Minuten Zeit, schließe die Augen und beame dich zurück an den Ort! Bestimmt hast du bald ein Lächeln auf den Lippen. Male oder kritzel hier Dinge hin, die dich an diesen Ort und dein Erlebnis erinnern :)

Kapitel 9

WETTER-WARNUNG – ES KÖNNTE *turbulent* WERDEN:

WIE DU MIT RÜCKSCHLÄGEN UND HERAUSFORDERUNGEN UMGEHST

BE *brave*

Von unserem Höhenflug mal eben zurück auf den Boden der Tatsachen.

Ich bin ein Heimkind. Ich kann mich an alles noch ganz genau erinnern. Stichwort: Kindheitserinnerungsgedächtnis. Wir hatten Wandertag in der Klasse und waren im Zoo Berlin. Meine Mama war dabei, danach hatten wir einen Termin beim Jugendamt. Dort wurde sie in einen Raum zum Gespräch geschickt, und ich durfte in einem separaten Raum Computer spielen. Zwei, vielleicht waren es auch drei, Stunden später habe ich gefragt: »Wo ist meine Mama?« Man sagte mir, sie sei schon Zuhause, und ich würde jetzt woanders hinkommen. So völlig um den Brei herum geredet wurde mir dann schließlich gesagt, dass ich jetzt erstmal ein paar Tage in eine Art Heim komme. Ich wollte sofort wissen: »Darf ich noch auf die gleiche Schule gehen?«. Das war mir wichtig, denn meine Mama hat nicht weit von meiner Schule entfernt gewohnt. Ich hatte schon einmal für ein paar Wochen in Berlin in einer Art Kinderheim gewohnt und bin nach der Schule immer wieder zu meiner Mama zurückgegangen. »Ja natürlich!«, sagte die Frau, die mir auch von den tollen Ponys, die sie im Heim haben, erzählt hatte. Dann sind wir aus Berlin rausgefahren, und nach anderthalb Stunden war mir klar, dass das eine Lüge gewesen war und ich meine Freunde und Mama nicht so leicht sehen werde. Ich weinte die ganze Nacht und

Never give up!

READY • FOR • ADVENTURE?

habe immer wieder nach Mama gerufen. Als Trost habe ich einen Ball geschenkt bekommen.
Ich hatte die Hausschlüssel von meiner Mama noch in meinem Wanderrucksack. Erst nach einem ganzen Monat im Heim durfte ich mit ihr telefonieren. Zwei Erzieher standen neben mir und haben das Gespräch mitverfolgt. Sie hat mich gefragt: »Hast du mich nicht schreien hören im Jugendamt? Ich habe mir alles aus dem Leib geschrien. Ich vermisse dich so sehr ... ich kann nicht ohne dich!«, aber ich habe sie nicht gehört. Was hätte ich getan, wenn ich sie gehört hätte?
Das Bild, wie ich dort am Computer gesessen habe, sehe ich immer noch vor mir. Ich war ja damals mein Leben lang bei Mama gewesen, und auf einmal war sie weg. Mein Ein und Alles.

So eine Kindheit im Heim ist tatsächlich eine richtige Herausforderung.
Ich kam aus Berlin mit einer Schulklasse von 38 Schülern. Plötzlich stehe ich vor meiner neuen, viel kleineren Klasse und muss mich vorstellen. »Sind die meisten von euch krank?«, fragte ich. »Nein, wir sind nur neun Schüler. Hier ist Platz für deine Hausschuhe«, lautete die Antwort. Dann war ich wohl jetzt die Nummer Zehn und trug Hausschuhe in der Schule. Dann ging es in den Sportunterricht, und da wartete direkt der nächste Schock auf mich. Ich komme von einer Schule, die Sport fördert, in einen Raum, der ungefähr achtzig Quadratmeter misst. Hier hingegen stehen nun alle Kinder in einer Reihe und schreien: »Sport frei ... Sport frei ... Sport frei!« Was um alles in der Welt ist das hier? Ich will hier nicht sein! Willkommen auf dem Dorf.
Mein Kinderheim lag ziemlich weit außerhalb Berlins. Ich tauschte unfreiwillig eine Station S-Bahn fahren gegen vierzig Minuten Busfahrt ein. Nachdem ich jeden Nachmit-

tag fast eine Stunde im Bus saß, musste ich dann noch anderthalb Kilometer Feldweg Richtung neues »Zuhause« laufen. Auch im strömenden Regen und kniehohem Schnee.
Ich hatte immer davon geträumt, mit Mama in einem eigenen Haus zu wohnen. Jetzt wohnte ich in einem Haus, ohne Mama und ganz anders als ich mir so ein Haus immer erträumt hatte. Ich musste mir ein Zimmer mit einem Mädchen teilen, die das Gefühl hatte, dass eine ihrer Ängste unter ihrem Bett liegt. Und wenn sie sauer war, hat sie sogar Dinge kaputt gemacht.
Ich erinnere mich daran, wie ich mich gefreut hatte, dass ich einen neuen Kleiderschrank bekomme, weil ich bis dato nur eine Plastikkommode zur Verfügung gehabt hatte. Mein neuer Kleiderschrank hatte zwar mindestens schon zehn Jahre auf dem Buckel und hat nicht an meine Wand gepasst, aber dann stand er eben etwas vor unserer Zimmertür. Wir waren ja schmal genug, um trotzdem durchzupassen.
Ein Lehrer hatte mal zu mir »Mistkäfer« gesagt, und ich habe das meiner Erzieherin gepetzt. Am Ende gab es für mich Verbote über Verbote, weil ich mir das ihrer Meinung nach nur ausgedacht hatte und damit alle gegeneinander ausspielen wollte. Er hat »Mistkäfer« zu mir gesagt, aber ich wurde direkt zum Kinderpsychologen geschickt.
Nach einigen gescheiterten Fluchtversuchen habe ich mich dann einfach daran gewöhnt, das zu tun, was andere von mir verlangten und erwarteten.
Die Erzieher sind immer komplett unterschiedlich gewesen. Die meisten machten für zwölf Stunden ihren Job und gingen dann wieder nach Hause. Irgendwann haben wir schon immer den Dienstplan der Erzieher abgeschrieben, um zu wissen, wann wir wieder Spaß haben werden und welche Tage wir dann lieber in unserem Zimmer verbringen. Wir waren immer zwischen fünf und acht Kindern in unserem Heim.

Unser Lieblingserzieher war Dirk. Ein total verrückter, lustiger und musikalischer Mensch. Wir haben mit ihm die tollsten Abenteuer erlebt, durften bei ihm einfach nur Kind sein und konnten den ganzen Mist, den wir erleben mussten, einfach vergessen. Wir haben Piratenfeste gefeiert und beim Essen Quatsch gemacht. Wir gründeten unsere eigene Band. Erst hießen wir *Rotznasen* und dann *Rockets*. Das hat so gut geklappt, dass wir dann fast jedes Wochenende einen Auftritt hatten und sogar im Tonstudio waren, um unser eigenes Album aufzunehmen. Ohne Dirk wären wir weniger Kind gewesen.

Es war nicht immer alles schlecht im Heim, und ich denke, da gibt es von Haus zu Haus enorme Unterschiede. Klar sind wir auch ins Kino oder in den Urlaub gefahren, aber auch das änderte nichts an der Situation, dass man abends allein in seinem Zimmer ohne Gute-Nacht-Kuss von Mama einschlafen musste.
Das größte Problem zwischen mir und meiner Erzieherin, die für mich all die Jahre verantwortlich war, waren immer die unterschiedlichen Welten, aus denen wir kamen. Sie gründete irgendwann ihr eigenes Heim, und ich bat mein Jugendamt, zu ihr umziehen zu dürfen. Durfte ich dann auch, und darüber bin ich bis heute froh. Endlich ein Haus, wie ich es mir immer erträumt hatte. Ganz sauber, modern und neu. Ich habe ihr viel zu verdanken, aber leider hat sie mir mein Leben auch manchmal schwierig gemacht. Sie war immer stolz auf mich, aber sie konnte eben nicht meine Mama ersetzen. Auch wenn meine Mama nicht für mich da sein konnte, wollte und möchte ich keine Ziehmama.

Unser Heim-System ist komisch. Das System gibt vor, dass alle Heimkinder mit 16 Jahren ihre Ausbildung anfangen, um sich mit 18 Jahren dann die Miete einer Wohnung leis-

Create the future

ten zu können und auszuziehen. Ich habe mein Abitur gemacht, und das System war dabei etwas überfordert. Ich war 18 und habe mich nach einem Studium umgucken müssen und wohnte also immer noch im Heim. Das Jugendamt hat aber kein Geld mehr für meinen Platz ans Heim gezahlt. Schließlich musste ich dann für meinen Heimplatz Miete bezahlen. :D Ohne Omi wäre mir das wieder nicht möglich gewesen. Dann bin ich aber irgendwann ins Elternhaus von meinem Ex-Freund gezogen.
Seit ich 18 geworden bin, verschlechterte sich das Verhältnis zwischen meinen Erziehern und mir. Ich konnte nämlich endlich das machen, wozu ich Lust hatte, und so lange auf und weg bleiben, wie ich wollte. Klar musste ich mir den Spruch »Solange du hier wohnst, musst du das machen, was wir dir sagen!« anhören, aber da habe ich einen Scheiß drauf gegeben.
Nach *GNTM* waren meine Erzieher natürlich sehr stolz auf mich. Aber dann bin ich ausgezogen und hatte kaum mehr Zeit, meine Heimat und mein Heim zu besuchen. Warum sollte ich mein Heim besuchen, wo ich doch jahrelang darauf gewartet hatte, endlich frei zu sein? Ich war eben immer unterwegs. Irgendwann schrieb mir ein Junge, mit dem ich zusammen dort im Heim gelebt hatte, dass ich mich schämen sollte. Er meinte, alle im Heim seien enttäuscht von mir, weil ich sie nicht mehr besuchen käme. Das war drei Monate nach meiner *GNTM*-Zeit, in der ich fast jeden Tag unterwegs war und auch endlich mein eigenes Leben führen konnte. Ja, ich habe mit meinem Kapitel »Heim« endlich abgeschlossen. Jetzt muss ich damit leben, dass einige denken, dass ich nicht mehr weiß, wo ich herkomme und nicht mehr weiß, wer meine Freunde sind. Komischerweise habe ich immer noch dieselben Freunde wie früher.

Ich weiß sehr wohl, wo ich herkomme, und was mich zu der Betty gemacht hat, die ich heute bin, und das waren meine Freunde, Familie und ich selbst. Das Heim war eine Reise in meinem Leben, die ich nicht genossen habe, sondern aushalten musste.

Jeder Mensch trägt sein eigenes Päckchen. Du hast da sicher auch etwas Bestimmtes im Kopf, oder? Jeder Mensch geht mit seinem Schicksal anders um und verarbeitet es auf unterschiedliche Art und Weise.
Ich möchte kein Mitleid, denn das brauche ich gar nicht. Ich liebe mein Leben und denke, alles hat seinen Sinn, warum es so passiert ist. Ich habe mich lange gefragt, warum gerade ich? Vielleicht habe ausgerechnet ich dieses Leben jetzt bekommen, weil ich besonders tapfer und mutig bin und das alles so gut weggesteckt habe. Es gibt so viele Menschen auf dieser Welt, die noch viel Schlimmeres als ich ertragen müssen.

Wenn man mit einem Flugzeug in Turbulenzen gerät, kriegen viele Passagiere Angst, weil sie denken, dass irgendetwas schiefläuft. Sie haben Panik, abzustürzen. Aber: Turbulenzen sind ganz normal und gehören zum Fliegen dazu. In meiner kleinen Cessna gibt es fast keinen einzigen Flug ohne. Turbulenzen schütteln einen mal mehr und mal weniger durch. So ist das auch mit Rückschlägen im wahren Leben.
In der Flugschule lernt man, wie ein Gewitter und Turbulenzen entstehen. Das Fach nennt sich Meteorologie. Ein mega interessantes, aber sehr komplexes Thema. Das Wetter bestimmt, ob du heute mit dem Flieger abheben kannst oder nicht. Ich fliege nach Sichtflug-Bedingungen, das heißt, ich darf nur dann in die Luft, wenn es wettertechnisch passt. Airline-Piloten fliegen nach Instrumentenflugregeln. Sie starten auch dann, wenn das Wetter unangenehm ist.

Unten am Boden kann es regen und stürmen, aber um die Sonne zu sehen, musst du durch Wolken hindurchfliegen. Wolken können uns einmal kurz durchschütteln. Für dich heißt das: Steuer festhalten, oder manchmal dagegen steuern. Oben angekommen scheint sie dir dann ins Gesicht, und plötzlich ist alles wieder ruhig. Wir nehmen uns also ein Beispiel an IFR-Piloten (Instrumentenflugregel).
Wenn ich einen Anflug auf eine Landebahn mache, dann schiebt mich der Wind oft nach links oder rechts. Wenn ich das Flugzeug stur geradeaus steuere, werde ich meinen Aufsetzpunkt verfehlen. In der Schule lerne ich einige Methoden, wie ich trotz Wind meinen gewünschten Punkt erreichen kann. Man muss dagegen ansteuern, das heißt die Nase in den Wind drehen und den Tragflügel leicht hängen lassen. Sozusagen dem Problem ins Gesicht schauen. Das braucht viel Übung, bis man das Gefühl dafür raushat, und das hat mich auch schon einige Kraft und Nerven gekostet. Aber es ist wie im echten Leben. Tritt ein Problem auf und hindert dich daran, deinen Weg zu verfolgen, dann musst du etwas dafür tun, um das Problem zu lösen.
Wenn ein Tag in der Flugschule mal nicht so läuft, wie ich mir das vorgestellt habe, bin ich natürlich auch etwas geknickt und ärgere mich oft über mich selbst. Aber das ist längst kein Grund, zu verzweifeln oder gar aufzugeben.

Üben, üben, üben.

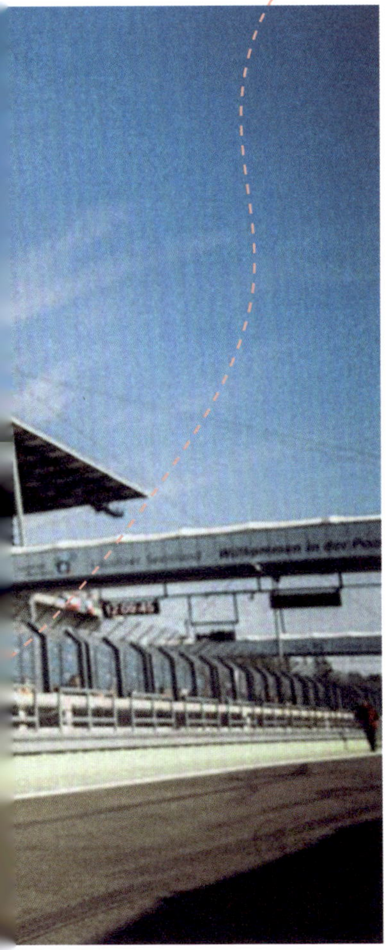

Dream
Create
Repeat

BETTYS TIPP

Erfolgstagebuch

Guck dir deine Erfolge an, wenn es dir besonders schlecht geht! Liste fünf Dinge auf, die du erreicht hast und auf die du besonders stolz bist.

1.

2.

3.

4.

5.

girl Boss

BETTYS TIPP

Notausgang

Wenn man unsicher ist, hilft es einem zu wissen, wie man aus der Situation wieder herauskommt. Wie zum Beispiel bei einem ersten Date der Fake-Anruf von der besten Freundin, der einen zur Not schnell vom Typen befreit Für welche Situationen brauchst du einen Notausgang? **Und wie sähe der aus?**

DER *feine* UNTERSCHIED

Viele kennen den Unterschied zwischen Dankbarkeit und Zufriedenheit nicht. Du solltest ihn lernen, denn genau zu wissen, wie dir beides helfen kann, wird dich glücklicher machen. Also: Nimm ein kleines Büchlein und schreibe jeden Abend drei Dinge auf, für die du dankbar bist. Das können ganz kleine Sachen sein, wie der leckere Milchkaffee in der Sonne oder auch, dass deine Liebsten gesund sind. **(Tipp: Lies das Buch, wenn es dir mal nicht so gut geht).**
Zu wissen, für wie viele Dinge im Leben man dankbar sein darf, führt einem vor Augen, wie toll man es eigentlich hat. Gleichzeitig brauchst du Ziele im Leben (mehr dazu in Kapitel 13), denn nur diese motivieren dich und bringen dich jeden Tag voran. Was könnte noch besser sein, womit bist du noch nicht zufrieden? Vielleicht bist du dankbar, dass du eine so wunderbare beste Freundin hast, aber unzufrieden, weil ihr doch schon so lange ein gemeinsames Mädels-Wochenende plant, es aber nicht schafft? Genau das meine ich, das ist der feine Unterschied. **Und jetzt bucht endlich den Trip!**

SPRUCH

MAN SAGT, *dass* ZWISCHEN REIZ UND REAKTION NOCH RAUM IST.

Anders gesagt: Du hast immer die Zeit und immer die Chance, selber zu entscheiden, wie du auf Situationen reagierst. Lässt du dich ärgern – oder nicht? Gibst du auf – oder nicht? **10 % ist das, was passiert. 90 % ist das, was du daraus machst**

TEAM *UP!*

Rede mit deiner besten Freundin über deine Ziele und Herausforderungen. Vielleicht möchtet ihr ja das gleiche und könnt gemeinsam daran arbeiten.

Kapitel 10

ÜBER *den* WOLKEN!

WARUM ES SICH LOHNT, SICH SPONTAN AUF RISIKOREICHE AKTIONEN EINZULASSEN

Supergirl

Je höher, je schneller, je riskanter, desto besser für mich!

Ich langweile mich schnell und brauche immer Action und Adrenalin. Das Kind in mir ist nie verschwunden, und dementsprechend muss ich auch immer unterhalten werden. Wenn meine Freundinnen mich damals gezwungen haben, Barbie zu spielen, dann war immer klar: Ich fahre das Barbie-Auto. Mich reizen Dinge, vor denen ich Respekt, aber manchmal auch ein wenig Angst habe.
Wer nicht wagt, der nicht gewinnt ... Wenn es diesen Spruch nicht schon geben würde, dann hätte ich ihn erfunden.

Ich habe immer Todesangst, wenn die Tür vom Flugzeug aufgeht und ich springen soll, oder wenn ich auf dem 10 Meter-Brett im Schwimmbad stehe und mir vorgenommen habe, zu springen. Ich überlege jedes Mal, warum ich das eigentlich mache, wenn ich doch so Angst habe. Aber der Trick nennt sich Überwindung. Denn wenn du dich diese einzige Sekunde überwindest, abspringst und unten landest, hattest du einen unbeschreiblichen Spaß, Glücksgefühle und dieses süße Kribbeln im Bauch vor Adrenalin.
Ich erinnere mich noch genau an meinen ersten Fallschirmsprung. Das war das erste Mal in meinem Leben, an dem ich ans Aufgeben gedacht habe. Ich saß ganz entspannt in der

Wild soul

THE KEY TO SUCCESS: PASSION

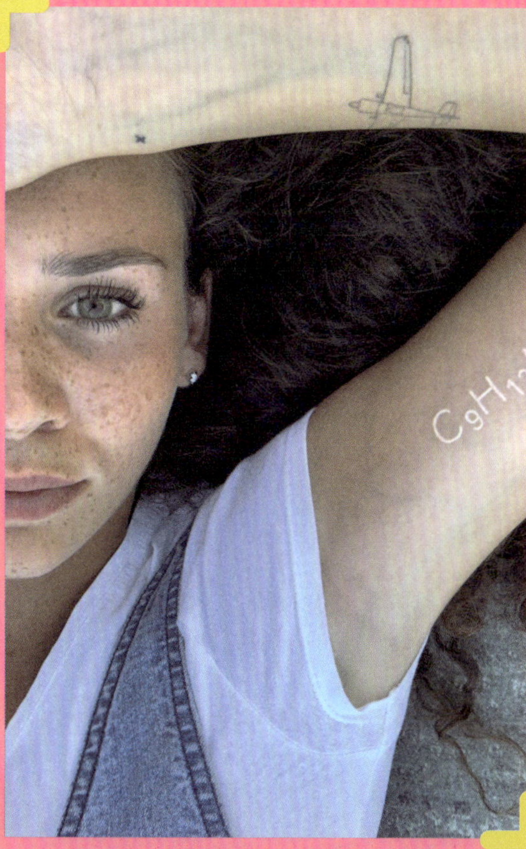

Maschine, und auf einmal geht die Tür auf und schwups waren die ersten Menschen weg. In dem Moment war ich mir sicher, dass ich nicht springen werde, und habe mir auch schon überlegt, wie ich meinem Tandem-Master sagen werde, dass ich zusammen mit dem Flugzeug unten landen möchte. Dann habe ich mich an diese siebzigjährige Frau erinnert, die vor mir allein aus dem Flugzeug gesprungen ist, und mir gedacht: »Wenn sie das kann, warum soll ich das dann nicht können?« Außerdem war das mein Geburtstagsgeschenk, und ich wollte die Zweihundert Euro nicht verschwenden.

Kurzer Fakt über mich am Rande: Im Freizeit-Park fahre ich alles an Achterbahnen und Karussells, außer den »Freien Fall« (das ist dieser riesige Turm, von dem man einfach senkrecht Richtung Erde fällt) – drei Mal und nie wieder. Beim Tandem-Sprung ist man ca. fünfzig Sekunden im freien Fall – der Erde entgegen – nicht gerade ein Fakt, der meinen Absprung begünstigt hätte. Dann dachte ich mir: »Du wärst nicht weiter Betty, wenn du das jetzt nicht machst.« Bettys machen alles (außer freien Fall und Bungeesprung) und geben niemals auf! Wir haben vor nichts Angst. Es gibt nur ein Gas, Vollgas!

Schließlich saß ich dann auf der Flugzeugschwelle und hab die Maschine mit meinen Beinen von unten gespürt. Es folgte ein kleiner Schwung und dann ging es auch schon vier Kilometer Richtung Boden. Jeden Zentimeter habe ich in vollen Zügen genossen und muss ehrlich sagen, dass dieser freie Fall ein ganz magisches Gefühl mit sich trägt, das ich jedem nur empfehlen kann!

Auch wenn du Höhenangst hast, ganz egal! Meine sehr gute Freundin Sophie hat auch Höhenangst und war bei unserem Sprung (mittlerweile schon mein dritter) so entspannt, als wenn sie ihr Leben lang nichts anderes gemacht hätte, und tatsächlich war sie zu meiner Überraschung auch angstfreier als ich.

Was kann schon passieren, wenn man ein Risiko eingeht? Ja genau, eine ganze Menge.
Wenn ich Leuten erzähle, dass ich selbst fliege und irgendwann Kunstflug machen möchte, bekomme ich immer die Frage gestellt: »Hast du keine Angst?« Meine Gegenfrage: »Wovor soll ich Angst haben?« Die Leute: »Davor, dass was passiert, du also abstürzt!«

Das Risiko, im Casino sein Geld zu verlieren ist viel höher, als mit dem Flugzeug abzustürzen. Es gibt nichts im Leben, bei dem kein Risiko besteht. Warum also ängstlich am Boden bleiben, wenn es doch so viel Tolles zum Ausprobieren und zu entdecken gibt?!

Wann hast du das letzte Mal etwas Risikoreiches gewagt? Bereust du es, oder war es die richtige Entscheidung? Ich halte es da mit Coco Chanel, die gesagt hat: »Ich bereue nichts im Leben, außer das, was ich nicht getan habe.«
Auch Leute mit Flugangst setzen sich immer wieder ins Flugzeug, weil nach der Landung ein Abenteuer auf sie wartet.

Just do it!

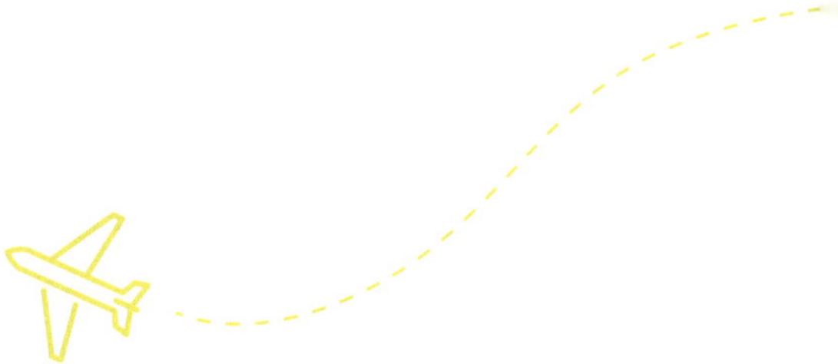

WANN HAST DU *zuletzt* DEINE ANGST ÜBERWUNDEN UND BIST ÜBER DEINEN SCHATTEN GESPRUNGEN?

Ich will ein Beweisvideo oder -bild! #lassdirflügelwachsen

WENN DEINE *beste* FREUNDIN, DICH FRAGT, OB DU MIT IHR …

… zum Tätowierer gehst?

… einen Tandem-Fallschirmsprung machst?

… mit Haien tauchst?

… nachts nackt im Freibad schwimmst?

… spontan verreist?

… knutschst?

… eine gemeinsame Firma gründest?

Würdest du MITMACHEN?

CHALLENGE

Glückshormone

Erinnere dich daran, was du in deiner Kindheit besonders gern gemacht hast – was man als Erwachsener vielleicht sonst einfach nicht mehr tut – und mache es einfach! Mach Seifenblasen, renne durch den Rasensprenger oder ähnliches. Du wirst sehen: **Das schüttet Glückshormone aus!**

FÜR WELCHE *mutige* TAT HAST DU ZULETZT JEMANDEN BENEIDET? MACH ES EINFACH SELBST!

Kapitel 11

BORD-COMPUTER

NICHT ALLES, WAS ZU SEHEN IST, STIMMT TATSÄCHLICH!

Be real

DER Bordcomputer

Der Bordcomputer und alle anderen Instrumente im Flugzeug sollen dir helfen, dein Ziel zu erreichen. Man lernt relativ schnell, dass das nur die halbe Wahrheit ist. Instrumente können dir falsche Informationen liefern, was viele unterschiedliche Gründe, wie zum Beispiel unterschiedliche Magnetfelder oder ein verstopftes Pitotrohr (dient zur Messung der Strömungsgeschwindigkeit) haben kann und im schlimmsten Fall zu einer Katastrophe führt. Deshalb werden Piloten darauf trainiert, die Technik ständig zu überwachen, Fehler sofort zu erkennen und darauf richtig zu reagieren. Ein Lufthansa-Pilot sagte mal in einem Interview: »Die Technik ist Fluch und Segen zugleich.«

Soziale Medien funktionieren ähnlich: Denn das, was wir da zu sehen bekommen, ist fast alles Fake. Für mich sind Instagram und Co. ganz klar ein Segen, aber auch immer mal wieder ein Fluch.
Ich hatte vor meiner Teilnahme bei *GNTM* nicht wirklich viel am Hut mit dem ganzen Internet-Hype und Social-Media-Business. Ich war bei Facebook angemeldet, mehr aber auch nicht. Während wir 2013 damals in Amerika waren, hat Pro7 für alle Kandidatinnen meiner Staffel sogenannte Fan-Seiten bei Facebook eingerichtet. Allerdings war es uns verboten, unsere Handys zu benutzen. Diese wurden auch direkt nach der Landung in Los Angeles vom Produzententeam für die ganze Produktionszeit eingesammelt. Klar ha-

self love club

AROUND THE WORLD EXPRES

ben wir unsere Handys aus dem Zimmer unserer Nanny geklaut, als sie immer für uns einkaufen gehen musste. Hat mir persönlich leider nichts gebracht, denn ich hatte meinen Pin vergessen und mein Handy war gesperrt. Stefanie (Giesinger) hat mich dann manchmal bei sich auf dem Handy einloggen lassen, und mir dann auch Instagram erklärt. :D Instagram fand ich direkt mal blöd, und ich habe mir gesagt, das brauche ich nicht. Ich dachte, Facebook wird schon reichen. Jetzt weiß ich: falsch gedacht.

Jedenfalls hatte ich damals, nachdem die ersten Folgen unserer Staffel ausgestrahlt wurden, schon um die 300.000 Follower. Und da bin ich direkt mal vom Hocker gefallen. Es wurden immer mehr und immer mehr. Aber was sind schon Follower auf Social-Media-Kanälen?!

Models werden heutzutage nicht mehr hauptsächlich nach ihren Maßen und ihrem Look gecastet. Nein! Wer die meisten Follower mitbringt, bekommt den Job. Denn Follower bedeuten für den Kunden eine höhere Reichweite, also mehr Leute sehen sein Produkt.

Ich war die allererste *GNTM*-Kandidatin, die jemals auf Social Media, damals Facebook, die Eine-Million-Follower-Marke geknackt hatte. Mittlerweile ist die Follower-Anzahl dort wieder geschrumpft. Facebook ist meiner Meinung nach uninteressant geworden und wurde knallhart durch Instagram ersetzt. Zwar findet man die FB-App noch auf meinem Handy, aber ich nutze sie eigentlich nur noch, um irgendwelche lustigen Videos anzugucken, aber kaum noch für mein Business.

Im Jahr 2018 hat Instagram die Eine-Milliarde-Marke an aktiven Nutzern geknackt. Allein in Deutschland nutzen 15

Millionen User diese App monatlich. Klar nutze ich die App jeden Tag immer wieder zwischendurch, aber auch alle meine Freunde. Mir würde gerade kein Freund einfallen, der nicht in diesem Netzwerk unterwegs ist. Ich verdiene mein meistes Geld über Kooperationen, die mit Instagram verbunden sind. Kunden schreiben also meine Agentur an und möchten, dass ich ihr Produkt oder ihre Marke in meinem Instagram-Feed bewerbe. Dann entscheide ich, ob ich mich mit dem Produkt/derMarke identifizieren kann, und wenn alles passt, dann verhandelt man die Leistung und natürlich auch die Gage. Klar machen das alle anderen »Instagramer«, »Influencer« oder wie man es auch immer bezeichnen mag auch, aber dennoch unterscheide ich mich von den meisten. Die meisten posten täglich Content oder werben jeden Tag mit Allerlei von Lippenstift bis Brustvergrößerung. Ich veröffentliche vielleicht alle ein bis zwei Wochen ein Foto. Ich hätte auch nicht jeden Tag etwas Spannendes zu »erzählen« und auch ehrlich gesagt keine Lust, mich extra für ein Posting hübsch zu machen, weil ich schon seit über 24 Stunden keines mehr hochgeladen habe. Das macht der Großteil zwar so, weil dann der Algorithmus besser wird und mehr Leute deine Seite sehen und bla bla bla. Diese Hochrechnungen muss ich mir immer von meinen Kolleginnen anhören, aber ehrlich gesagt kapiere ich es nicht, und interessieren tut es mich noch weniger. Ich versuche nicht zwanghaft, irgendwas Cooles zu produzieren. Mein Content entsteht nicht für Instagram. Ich nehme Instagram einfach mit.

Ich kümmere mich nicht darum, den perfekten Feed mit abgestimmten Farben und wirkungsvollen Hashtags zu haben. Ist mir viel zu anstrengend und zeitaufwendig. Abenteuerlich, farbig und unregelmäßig beschreibt meine Seite am besten, denke ich. Alle Bilder, bis auf die von irgendwelchen Shootings, sind unbearbeitet und meist auch ohne Filter. Ich glaube, da bin ich wirklich eine einzige Aus-

TRUST IN YOURSELF
BUILD UP

nahme. Wenn ich unter Kollegen bin, dann wird bei ihren 625.127.829 Bildern ALLES verändert. Beine länger, Nase schöner, Sonne doch von der anderen Seite scheinend und aus dem roten Auto im Hintergrund wird ein blaues gemacht. Meist sitze ich dann mit offenem Mund neben ihnen, gucke ihnen bei der Bearbeitung zu und bin fasziniert. Ich finde es wirklich interessant, wie man ein Bild verändern kann, und das meine ich nicht unbedingt negativ. Da fehlt mir das Talent und die Lust dazu, mein Bild, das ich posten möchte, erstmal durch zehn Photoshop-Apps zu jagen. Abgesehen davon bin ich extrem stolz darauf, meinen Followern nur Echtes zu zeigen. Ich wäre dafür, eine Funktion einzuführen, bei der man angeben muss, oder die von selbst erkennt, ob das Bild bearbeitet ist, oder eben nicht.
Hast du Photoshop-Apps auf deinem Handy? Wenn ja, würdest du dich trauen, diese zu löschen?
Man kann bei so einer halben Stunde Instagram-Durchschauen nämlich schnell depressiv werden. Warum sieht das bei denen alles so schön und harmonisch aus (Bild, Körper, Gesicht, Ort ...)? Ganz einfach: Es ist wie im Cockpit – nicht alles, was angezeigt wird, stimmt auch so!

Klar, auch bei mir gibt es eine winzige Ausnahme, und das nennt sich Werbung. Aber hey, das ist mein Job. Ich arbeite als Model und werde dafür bezahlt, Produkte toll zu finden, und ich würde meine Hand dafür ins Feuer legen, dass ihr für diese Summen genau dasselbe machen würdet. Außerdem werbe ich nur für Produkte, die ich persönlich vertreten kann. Ich rede hier mal ganz offen und ehrlich über dieses Thema. Je mehr Follower du hast, umso mehr kannst du an Gage für Kooperationen verlangen, das dürfte jedem klar sein. Man kann die Gage sogar irgendwie ausrechnen, aber da hängt dann noch deine Engagement-Rate und sowas mit drin. Man sagt, pro tausend Follower kannst du um

die zehn Euro für ein Posting verlangen. Jetzt kannst du ja mal ausrechnen, was ich oder auch du dann pro Posting verdienen müsste. Ganz so viel ist es bei mir nicht immer, aber mehrere Tausend pro Posting. Und alle, die sich über uns »Influencer« beschweren, dass wir viel zu viel Werbung machen, sollten sich überlegen, ob sie nicht auch ein Bild gegen ein paar Monatsmieten eintauschen würden. Wenn jemand anderer Meinung ist, dann würde ich mich über eine Erklärung per Instagram Direct Message freuen.
Ich mache nur Kooperationen, wenn ich das Produkt und die Marke toll finde. Schoko-Riegel und Sekt habe ich zum Beispiel abgelehnt, da müssten schon Gummibär und Wodka her! :D Ich habe auch schon Werbung für Sexspielzeug gemacht und lag mit meiner Vermutung sowas von richtig, dass das gut gebraucht und gut ankommen wird. Ich lebe natürlich (dank meiner vielen Follower) in dem Luxus, dass ich mir aussuchen kann, für was und wieviel ich werben möchte. Es gibt auch Freundinnen von mir, die ebenfalls selbstständig in diesem Bereich sind, aber sich nicht aussuchen können, für was und wann sie werben. Sie müssen jede Kooperation annehmen, weil sie sonst nicht wissen, wie sie ihre Miete und Brötchen bezahlen sollen.
Wenn das Zeitalter von Instagram vorbei ist, sind die meisten Blogger und Co. in unserem Business arbeitslos, aber ich kann ja dann fliegen. Mein Traum ist es, irgendwann mit der Fliegerei Geld verdienen zu können. Ich könnte mir auch vorstellen, eine Ausbildung zur Flugzeugmechanikerin anzufangen, oder irgendwas in Richtung Luftfahrt zu studieren.

Man kann es nicht jedem recht machen, vor allem im anonymen Internet nicht. Alle können ihren Senf zu allem beitragen und ihre schlechte Laune verbreiten. Früher habe ich mir Kritik unter meinen Postings immer zu Herzen genommen, aber mittlerweile muss ich darüber lachen. Jeder kann doch das posten und verbreiten, was er möchte. Es liegt doch an dir selbst, ob du dieser Person dann folgst oder nicht. Das Profilangebot ist riesig, und da ist doch für jeden das Passende dabei. Ich esse Fleisch, fahre schmutzige Autos und verpeste auch noch die Luft mit meiner Fliegerei ... Ja, ich stehe dazu und finde es auch berechtigt, wenn mir das jemand vorwirft, aber manchmal müssen wir uns mehr daran erinnern, zu leben und leben zu lassen. Gerade als Person des öffentlichen Lebens steht man schon mal schneller in der Kritik, Dinge nicht richtig zu machen.

Ich habe für mich selbst entschieden, dass ich nicht alles von mir in der Öffentlichkeit präsentieren möchte. Viele fragen mich deshalb ständig, ob ich denn noch mit meinem Mann verheiratet sei, weil ich ihn schon seit Monaten nicht mehr bei Social Media gezeigt habe. Das finde ich sehr interessant, denn das bedeutet ja, dass die Leute denken, alles über dich zu wissen, nur weil sie dir bei Instagram folgen. Ich habe immer noch meine Privatsphäre und lege da auch sehr viel Wert drauf. Wenn ich auf Veranstaltungen bin, oder irgendwas Aufregendes erlebe, dann bekommen meine Follower nicht immer alles von Anfang bis Ende mit. Das liegt daran, dass ich einfach oft Dinge genieße und dann keine Lust habe, alles durch mein Handy beobachten zu müssen.
In natura bin ich ein sehr, sehr schüchterner Mensch. Das ändert sich, sobald eine Kamera auf mich gerichtet ist. Wenn mich meine Fans also auf der Straße ansprechen, bin ich immer unsicher, weil ich mich auch nach all den Jahren nicht ans »Bekanntsein« gewöhnt habe.

Eine Frage, die ich auch oft gestellt bekomme: »Gibt es bei *GNTM* ein Drehbuch?« Hier die Antwort: Wie ihr sicher alle wisst, handelt es sich bei *GNTM* um eine Unterhaltungsshow und auch da wird natürlich geschnitten. Wir Meeedels bekommen keinen Text vorgelegt, den wir dann auswendig vortragen müssen, aber jede bekommt ihren Stempel. Heutzutage gucke ich anders Fernsehen, als ich es früher getan habe, ganz einfach, weil ich weiß, dass zum Beispiel in *Betty goes Kuba* dann doch gar nicht so viel Betty drinsteckte wie angenommen. ;)
Mädels, glaubt, was immer ihr glauben möchtet und haltet für richtig, was auch immer ihr für richtig haltet, nur denkt daran: Wir leben in einer ziemlich kaputten und manipulierenden Welt, und das echte Leben ist dann doch nochmal komplizierter, als ein Flugzeug zu steuern.

CHALLENGE

Digital DETOX

Versuche, einfach ein paar Stunden am Tag mal bewusst, den Bordcomputer auszuschalten. Offline sein. Kein Laptop, kein Computer und natürlich auch kein WhatsApp! **Wie geht es dir dabei?**

BETTYS TIPP

Ich benutze dazu eine App, mit der man einstellen kann wie lange man sein Handy nicht benutzen will.

CHALLENGE

EIN *schönes* FOTO OHNE FILTER MACHEN!

Klebe es hier ein!

BETTYS TIPPS

FÜR DAS *perfekte* INSTA-BILD

1. Dreh dich zum Licht!

2. Selfies und Hundefilter sind Tabu!!!

3. Bitte Lächeln ;) kommt immer gut an!

4. Lösche jetzt sofort eine deiner Photoshop-Apps (das ist nur was für Profis und kein Mensch hat Porzellan-Haut).

5. Weniger ist mehr: Überfülle dein Bild nicht und setze dich oder das Objekt ganz klar in den Vordergrund.

Cockpit: WER STEUERT DEIN LEBEN? LÄSST DU DICH VON DEN ERWARTUNGEN ANDERER ZU SEHR STEUERN?

make yourself a PRIORITY

HÖHENRUDER: von WIE weit OBEN SCHAUST DU AUF DEIN Leben?

Betrachte, ob das, was du diese Woche tust oder getan hast, dich deinen Lebenszielen näherbringt. Überlege, ob dies auch für die Pläne gilt, die du für diesen Monat und dieses Jahr hast. Dann steige immer mal wieder gedanklich ganz hinauf und prüfe, ob deine Visionen noch aktuell sind.

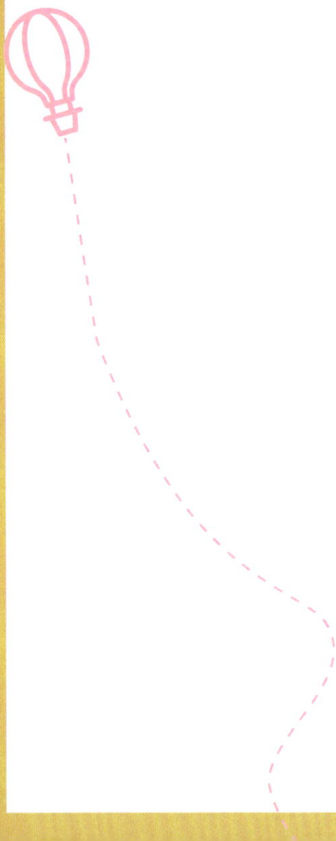

The sky is the limit

BE FREE!

Kapitel 12

LANDUNG am ZIELORT:

FEIER DICH AUCH MAL SELBST!

let's celebrate

Nicht lange AUSRUHEN ist angesagt!

Nach außen hin wirke ich immer anders, als ich mich selbst sehe. Ist das bei dir auch so?
Ich bin nicht die kleine, süße Betty für, die man mich meist hält. Ich bin ein Teufel. Alle, die mich richtig kennen, wissen, dass ich es faustdick hinter den Ohren habe. Ich bin gerne frech und setze gerne alles auf eine Karte. In eine Schublade gesteckt zu werden, bin ich gewohnt, denn früher mussten wir uns schon immer von den anderen Leuten im Dorf anhören, dass aus uns Heimkindern eh nichts werden wird.

Egal, ob privat oder in meinem Job, sind fremde Menschen oft überrascht von mir. Vor der Kamera ist Betty (laut Heidi Klum) »heiß heiß heiß«. Dazu sage ich jetzt nichts weiter ... :D Privat kann man mit mir Pferde stehlen, und ich bin mir für nichts zu schade. Wenn man dann so ins Gespräch kommt, und ich dann zum Beispiel erzähle, dass ich fliegen kann, sind alle immer total neugierig und begeistert. Man sagt, der erste Eindruck zählt. Aber aus Erfahrung weiß ich, dass das falsch ist. Ich bin froh, dass es in meiner Natur liegt, Menschen richtig kennenlernen zu wollen. Deshalb passt mein Job eigentlich nicht zu meinem Naturell, denn beim Modeln kommt es nun mal nur aufs Äußerliche an.

Do epic shit.

LET'S FLYING HIGH

Finde den RICHTIGEN WEG. Deinen eigenen.

Betty Taube

Durch meine Teilnahme bei *GNTM* konnte ich allerdings etwas meine Persönlichkeit zeigen und denke, dass genau dieser Aspekt zu meinem Erfolg beigetragen hat. Ich denke auch, dass die meisten meiner Follower wegen meiner Persönlichkeit Interesse an mir zeigen. Ich muss zugeben, damals bei GNTM war ich wirklich noch die kleine, süße Betty, die in die große, weite Welt hinausgeschubst wurde. Wenn ich dann höre: »Du hast dich total verändert!«, dann stimmt das vollkommen. Es wäre ja auch schlimm, wenn ich immer noch so naiv und ahnungslos wie damals wäre. Mit 23 Jahren tickt man eben anders als mit 17. Ich mache gerne Quatsch und genieße mein Leben, wie es gerade kommt. Viele würden sagen, das sei kindlich. Ich sage: Das ist genau richtig so.

Mein Ziel ist es nicht, anderen zu gefallen, sondern einfach das zu machen, worauf ich Bock habe.

Als ich mich bei der Flugschule angemeldet habe, wurde ich von den meisten dafür belächelt, weil alle dachten: »Ach, die labert eh nur.« Und jetzt bin ich genau wieder an dem Punkt, den ich so liebe: Jetzt stehen sie alle mit großen Augen vor mir, und ich habe es ihnen allen gezeigt. Verdammt gutes Gefühl!!! Ist dir das auch schon mal passiert, dass du unterschätzt wurdest?

Letztens hatte ich eine total lustige Konversation mit einem Flugzeugmechaniker. Wir haben an einem Flugzeug geschraubt, und er war total überrascht, dass ich so tatkräftig mit angepackt habe. Wir haben uns eine ganze Weile über Gott und die Welt unterhalten. Er sagte zu mir: »Ich muss ganz ehrlich sagen, ich habe nicht viel von diesen Models und Internet-Persönlichkeiten gehalten, aber dank dir weiß ich, dass ich damit völlig daneben lag. Ich bin wirklich zutiefst überrascht und stolz auf dich, wie du das alles machst. Gerne jederzeit wieder.« Das ging für mich runter wie Öl, aber hat mir auch wieder

gezeigt, dass wir viel zu sehr in eine Schublade gesteckt werden. Gerade wir Internet-Persönlichkeiten müssen viel Belustigung über uns ergehen lassen und uns immer als Nichtskönner bezeichnen lassen.
Ich wurde vor einiger Zeit zum Semper Opernball in Dresden eingeladen, weil die Veranstalter das jüngere Publikum ansprechen wollten. Ein Fotograf meinte belustigt zu mir: »Ach, Sie sind die Bloggerin?!« Ich kochte innerlich vor Wut, denn er hatte das in so einer unverschämten und erniedrigenden Art gesagt, dass ich ihm am liebsten meine Currywurst ins Gesicht geklatscht hätte. Meine Antwort: »Erstens bin ich keine Bloggerin, und zweitens kannst du dir dein Foto (das du dann irgendwo verkaufst, weil ich drauf zu sehen bin) schön abschminken!« Ich stopfte mir ein Stück Currywurst in den Mund und stolzierte in meinem Ballkleid davon.

Es ist wichtig, dass DU mit dem, was du tust, zufrieden bist. Was andere von dir halten, kann und muss dir egal sein. Auch das dauert ein paar Jahre, ehe man verstanden hat, wie das Ganze funktioniert. Wir leben in einer Welt (dank Instagram & Co.), in der man ständig Bestätigung von außen sucht. Bestätigung zu bekommen, ist auch nicht falsch und ganz klar etwas Schönes, aber es darf nicht der Grund für deine Taten sein.
Du musst dich selbst feiern können!
Ich erinnere mich da an meinen ersten Solo-Flug am 28. April 2018. Der erste Solo-Flug bedeutet, dass du wirklich das erste Mal ganz allein (dreimal Platzrunde) ein Flugzeug fliegst. Könnt ihr euch vorstellen, wie sehr ich mich selbst gefeiert habe? Ich meine: Ich habe immer davon geträumt, allein fliegen zu können, und an diesem Tag ist mein Traum einfach wahr geworden. Ich bekomme gerade Tränen in

den Augen und eine Gänsehaut, wenn ich daran zurückdenke.

Es muss nicht immer etwas Riesiges sein, wofür du dich selbst feierst, und schon gar nicht etwas, was andere unbedingt nachvollziehen können müssen.
Mein Mann ist ein richtiger Gourmet, wenn es ums Essen geht. Das Problem an der Sache ist, dass ich überhaupt nicht kochen kann. Wenn ich dann mal nach drei Stunden Küche verwüsten und fünf ungenießbaren Gerichten ein

„Das schmeckt super!“ zu hören bekomme, dann feiere ich mich sowas von selbst, das kannst du mir glauben.
Sich selbst zu feiern, ist keineswegs arrogant. Es ist eher eine Art Freude, die man nach all dem Blut, Schweiß und Tränen von null auf hundert zum Ausdruck bringen muss. Und wenn das dann doch mal jemand behauptet, dann spricht da lediglich Neid aus ihm. Erfolg ist immer mit Neid gekoppelt. Aber der einfachste Trick damit umzugehen ist, Neidern einfach keine Aufmerksamkeit zu schenken. Warum auch? Kostet unnötig Energie, die wir doch schon in unsere nächsten Ziele und Aufgaben stecken können. Wenn dich eine Person wirklich kennt, wird sie auf keinen Fall neidisch auf dich und deine Taten sein. Wenn ich tausend Videos und Bilder von meinen Autos ins Netz lade, denken die meisten Leute, dass ich damit angeben möchte. Das musste ich mir schon oft anhören, aber all diejenigen die mich richtig kennen, wissen einfach, dass ich ein totaler Autofreak bin und das einfach mache, weil es eine Leidenschaft von mir ist. Heißt übersetzt: Neider hat man eben, braucht man aber nicht!
Erinnerst du dich noch an meinen Tipp, dass du dich selbst für dein Ziel belohnen sollst? Ich würde dann mal sagen: Genau jetzt ist der richtige Zeitpunkt dafür und lass mich an deiner Belohnung unter **#lassdirflügelwachsen** teilhaben!. :)
Ach, und hey: Highfive ... ich bin verdammt stolz auf dich!!!!!!!!!!!!!

Und jetzt Musik an und abfeiern!

WIE *belohnst* DU DICH SELBST AM LIEBSTEN? DEINE TOP 10

1.

2.

3.

4.

5.

6.

7.

8.

9.

10.

Geschafft!

PLATZ FÜR MEINE LIEBSTEN MOTIVATIONSSPRÜCHE.

Go get what you dream of!

CHALLENGE

WUNDERWAFFE *Lächeln*

Ein schönes Experiment: Lächle heute jeden an, der dir begegnet – auch die Menschen, die du nicht so gerne magst oder die du nicht kennst. Du wirst erstaunt sein, wie ansteckend dein Lächeln ist. Und was für einen Unterschied es macht, mit welcher Einstellung man Menschen begegnet. Jedes erwiderte Lächeln macht auch dir bessere Laune.

CHALLENGE

DIE »NETT SEIN«-*Kette*

Starte heute eine »Nett sein«-Kette. Mache etwas überraschend Nettes für Freunde, Bekannte oder eine fremde Person. Es gibt Studien, dass diese Personen es unterbewusst zu schätzen wissen und dann ihrerseits netter zu anderen Menschen sind. So machst du mit einer kleinen Aktion die ganze Welt ein bisschen besser.

Smile everyday

WER SIND DEINE DREI *Heldinnen* UND *Helden* UND WARUM?

Hold on to your dreams

Kapitel 13

NACH der REISE IST VOR der REISE:

SETZ DIR DAS NÄCHSTE ZIEL!

Create

Nicht LANGE ausruhen ist angesagt!

Es gibt schließlich noch so viele schöne Orte, an denen man landen und die man entdecken kann! Wir sind schließlich nur einmal in diesem Leben auf diesem Planeten, also müssen wir sehen und ausprobieren, so viel es geht.
Ich zum Beispiel habe schon ein neues Ziel. Du auch?
Mein größtes neues Ziel lautet Kunstfluglizenz. Dieses Ziel ist im Aufwand zwar kleiner als mein vorheriges, aber für mich von genauso großer Bedeutung.
In uns steckt und schlummert viel mehr, als wir es manchmal selbst erahnen können. Wichtig ist, sich auszuprobieren. Denn Dinge, die man zum Beispiel eigentlich immer blöd fand, können ja auf einmal doch Spaß machen.
Es ist natürlich auch nicht verboten, mehrere Ziele gleichzeitig zu verfolgen. Ich zum Beispiel bin mit meinem Mann gerade in eine Stadt nach Italien gezogen, in der wir zuvor noch nie gewesen sind, und mussten leider feststellen, dass kaum einer Englisch spricht. Also steht jetzt Italienisch lernen auch auf meiner Ziel-Liste.
Was mein Privatleben angeht, möchte ich natürlich irgendwann mit meinen Kindern und Enkelkindern im Garten unseres Bauernhofes sitzen und Limonade trinken, aber das, denke ich, hat dann doch noch etwas Zeit. Außerdem muss ich erstmal in Erfahrung bringen, wo ich ein Hippo,

NEXT ADVENTURE BOARDING:

EXPLORE
Dream
Discover

einen Nasenbär, ein Chamäleon und all meine anderen hundert Lieblingstiere für meinen Spezial-Bauernhof herkriege.

Mein allergrößtes Ziel ist es jedoch, am Ende meines Lebens im Schaukelstuhl zu wippen und mit all den tollen Erinnerungen zu mir selbst sagen zu können: »Mein Leben war das beste Abenteuer, das ich mir je hätte erträumen können … geil war's!«

Ich hoffe, ich konnte dir einige hilfreiche Tipps mit auf deine Reise schicken, die du auch in Zukunft für deine neuen Ziele anwenden kannst. Da wir jetzt schon eine Menge Zeit miteinander verbracht haben und ich mega neugierig bin, würde ich mich natürlich freuen, wenn du mich weiterhin

mit dem Hashtag #LASSDIRFLÜGELWACHSEN auf dem Laufenden hältst.
Damit wir jetzt keine Zeit verlieren, würde ich sagen:

Please fasten your seatbelt and get raedy for departure!

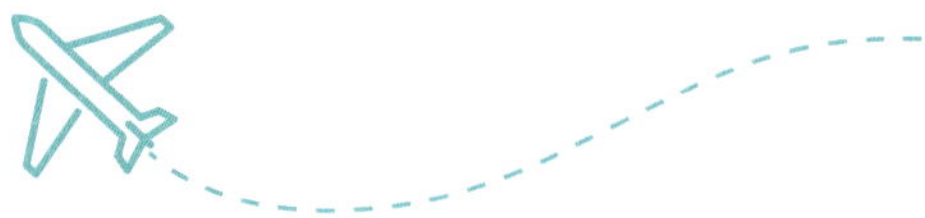

WAS MACHST DU *aktiv*, DAMIT DEINE TRÄUME WAHR WERDEN?

Boarding COMPLETED

Checklisten: Hast du alles, was du brauchst? Auch in deinem Leben?

CHALLEGNGE

WIE/WO SIEHST DU *dich* IN ZEHN JAHREN?

Male, zeichne oder kollagiere ein Moodboard.

the sky is the limit

DEIN LIEBSTER ORT AUF DER *ganzen* WELT

Hier ist Platz für deine persönliche Zeichnung oder ein Foto

WAS SIND DEINE TOP 3-Vorsätze FÜRS NEUE JAHR?

1.
2.
3.

SUCH DIR EINEN Mentor ODER EINE Mentorin!

Überlege, wer in deinem Umfeld ein Vorbild für dich ist und bitte diese Person um ein Gespräch über deine Zukunft.
Wer könnte das sein?

Wake up
Kick ass
Repeat.

READY • FOR • ADVENTURE? •

GOALS

Danke!!!

Meine Flügel sind nicht von allein gewachsen, denn egal wie mutig und stark ich auch sein mag - ohne Unterstützung, und vor allem Liebe, hätte ich das niemals geschafft. Ich wurde auf meiner Reise von vielen tollen Persönlichkeiten inspiriert, ermutigt und auch manchmal zurecht ins kalte Wasser geschmissen.

Ganz besonders danke ich meiner Crew, die mich in meinem Leben das Gefühl von Familie und Gemeinschaft gelehrt hat. Die mir gezeigt hat, dass man sein Leben einfach genießen muss und gemeinsam alles noch so Schlimme durchstehen kann. Ihr habt mich zur Kämpferin ausgebildet, und auch nur WIR verstehen die Zweideutigkeit dieses Satzes. :D

Meinen Wandel von »Betty, die niemand kennt« zu »Betty, die man kennt«, habt ihr nie angezweifelt, weil ihr mich auch weiterhin als eure ganz normale Betty schätzt und behandelt. Ja ich lass mich selten blicken, aber es vergeht kein einziger Tag, an dem ich euch nicht vermisse und mich frage, was ihr gerade für einen Blödsinn ausheckt!

Oksana, Erik, Sophie, Jacob, Groti, Jana und Anna - ohne euch wäre ich verloren, denn ihr habt den größten Einfluss auf mich. Meine Geheimnisse und mein Herz gehören euch!
Gesch, Rittau, Suse, Elli, Johanna, Laura, Torte, Timschko, Charly, Marie, Aaron, Tici, Linda ... Ich hab euch lieb (bestimmt habe ich jemanden vergessen ...).

Derjenige, der mir gezeigt hat, was man mit seinem Flügeln alles anstellen kann, ist natürlich Hero Pilot! Du bist nicht nur der beste Fluglehrer, den es gibt, sondern auch mein Mentor und vor allem aber ein wahrer Freund, dem ich blind vertrauen kann. Ich bin so froh, dass es dich gibt!

Meine geliebte Oma. Ich muss vor Freude weinen, wenn ich daran denke, was wir schon alles gemeinsam erlebt haben. Wir haben viel gelacht und auch sehr viele Tränen vergossen. Du bist eine unglaublich starke Frau, und ich bin mehr als stolz auf dich! Opa und du, ihr seid meine Superhelden! Tante Mary, Stacy und Jade ... Eure Tür steht für mich immer offen, und dank euch weiß ich wie es sich anfühlt, nach einem stressigen, miesen Tag nach Hause zu kommen und einfach abschalten zu können. Wir sind eine richtige Power-Familie und schaffen gemeinsam alles ... wirklich alles! Ich liebe euch!

Askitom Mon Amour Je'taime Lublji ich liebe dich unendlich! Du akzeptierst mich mit all meinen Macken und Schwierigkeiten. Kein Mensch kennt mich so, wie du es tust! Wenn ich mal wieder nicht weiter weiß, hast du meist einen Plan für mich parat. Wir sind kein Bilderbuch-Paar und stehen immer wieder vor neuen Herausforderungen, aber zusammen schaffen wir alles. Den Rest hebe ich mir für unser zweites Ehegelübde auf. ;)

Ich bedanke mich bei meinen tollen Fans, die seit Jahren hinter mir stehen und mir unglaublichen Input geben. Ihr seid etwas ganz Besonderes! Liebenswert, höflich, treu, verrückt, kreativ und einfach wahnsinnig ... besser kann man sich seine Fans nicht vorstellen. Mit diesem Buch möchte ich ganz speziell EUCH etwas wiedergeben und noch viel, viel mehr von EUCH erfahren! Ohne euch wäre dieses Buch niemals entstanden.

Dieses Buch, das du gerade in den Händen hältst, hat einen langen Weg hinter sich. Von der Idee bis hin zur Umsetzung gab es zahlreiche Stationen, die diese Buchstaben durchlebt haben. Sie haben den Buchbinder kennengelernt, den Papierhersteller, den Postboten und auch die Buchhandlung.
Danke Tina, dass du dich genauso doll wie ich auf ein tolles Ergebnis gefreut hast und mein ganzes Kauderwelsch, das ich dir so niedergeschrieben habe, korrigiert und verbessert hast! :D Und am allermeisten danke ich dir für den Titel dieses Werkes ... es hätte wirklich, wirklich keinen besseren geben können! Ich liebe ihn!!!

Ein großer Dank geht natürlich auch an meinen Verlag Eden Books, und ganz besonders an Nina. Auch ihr habt mein Chaos, was Terminplanung und Co. angeht, kennengelernt und mich tatkräftig bei allem unterstützt. Ich bin stolz darauf, dass mein Buch durch eure zauberhaften Hände gegangen ist, und ich finde es super, dass ihr genau so groß denkt wie ich. Vielen Dank für diese gemeinsame und spannende Zeit!!!

Bildnachweis

Fotos
S. 6, 14, 68, 84, 102, 120, 168, 188, 204: © Frank Zauritz
S. 9 oben, 10, 11, 17, 18, 37 unten, 41, 45, 57, 58, 61, 71, 87, 88, 90, 91, 94, 97, 105, 106, 107, 123, 125, 138, 141 unten, 145, 159, 161, 170, 174, 177, 183, 191, 192, 195, 207, 208, 219, 220 © Betty Taube
S. 9 unten © Christof Kreutzer
S. 20, 22/23, 37 oben, 129, 141 oben, 150/151 © Michael Collela
S. 74, 108, 111, 119 © Tobias Dick | juergen.mueller@jm-pictures.com

Illustrierende Elemente: © Shutterstock.com
S. 15, 20, 39, 177: Chiociolla; S. 17, 37, 58, 69, 125, 139, 157, 185, 191, 202, 219: Anna Kutukova; S. 35: Ana Babii; S. 41, 57, 208: Katerina and Zhenya Spizh; S. 45: Lelene; S. 55: Courtney Johnson; S. 71, 85, 88, 103, 123, 152, 159, 189, 205: Anastasiia Gevko; S. 74: Polaolka; S. 87, 117, 169: Duong Hoang Dinh; S. 74, 215: FarbaKolerova; S. 105: Pixejoo; S. 119: Fafarumba; S. 121: Huhehoda; S. 141: hely; S. 145: Anna_Sea; S. 171: Tumana; S. 201: Tumana; S. 221: Daria_Art

Impressum

Betty Taube Günter
Lass dir Flügel wachsen
Challenges und Abenteuer. Go for your dreams!
ISBN: 978-3-95910-193-6

Eden Books
Ein Verlag der Edel Germany GmbH

www.edenbooks.de | www.facebook.com/EdenBooksBerlin |
www.edel.com
1. Auflage 2018

Projektkoordination: Nina Schumacher
Management Betty Taube: ONEeins fab Management
Vermittlung. Stephan Strauss, 31 Media GmbH
Textredaktion: Tina Gerstung
Layout und Umschlaggestaltung: Katja Vogt
Umschlagfoto: © Frank Zauritz
Lithographie: Frische Grafik
Satz: Datagrafix GSP GmbH, Berlin
Druck und Bindung: optimal media GmbH, Glienholzweg 7, 17207 Röbel/Müritz

Printed in Germany